로크미디어가
유혹하는
재미있는 세상

하북평가
검술천재

하북팽가 검술천재 5

2022년 7월 13일 초판 1쇄 인쇄
2022년 7월 18일 초판 1쇄 발행

지은이 이도훈
발행인 김정수 강준규

기획 이기헌 왕소현 박경무 강민구 조익현
책임편집 주현진
마케팅지원 이원선

발행처 (주)로크미디어
출판등록 2003년 3월 24일
주소 서울시 마포구 성암로 330 DMC첨단산업센터 318호
Tel (02)3273-5135 **편집** (070)7860-2726 **Fax** (02)3273-5134
홈페이지 rokmedia.com **E-mail** rokmedia@empas.com

© 이도훈, 2022

값 8,000원

ISBN 979-11-354-7725-6 (5권)
ISBN 979-11-354-7650-1 04810 (세트)

이도훈 신무협 장편소설

하북팽가
검술천재

5

차
례

물밑 전쟁 (2)

사파인들은 왜 영단산에 온 것일까?

그것은 무학의 끝을 향한 욕심이라는 한 문장으로 설명이 가능하다.

강호라는 거대한 강 위에 각 문파가 몸을 맡긴 채 편안히 흘러가는 것처럼 보이지만, 물 밑으로는 오리가 발길질하듯 쉼 없이 움직이고 있다.

한빈이나 그들이나, 모두 무학의 끝을 보기 위해 움직이는 것은 마찬가지.

물밑 전쟁을 하는 꼴이었다.

이제 먹이가 되느냐 사냥꾼이 되느냐의 문제만이 남아 있을 뿐이다.

한빈은 허공을 바라보며 이제까지 획득한 용린검법의 구결을 정리했다.

공력과 기초 체력을 담은 기본편.

용린검법의 영험한 초식을 담은 응용편.

용린검법의 흔적이 남아 있는 사람에게서 얻을 수 있는 융합편.

그 뒤에 무엇이 있을까?

일단은 기본편의 책장을 추가하는 것이 먼저였다.

달빛을 받은 한빈의 모습이 월아의 검신만큼이나 예리하게 반짝였다.

고민도 잠시, 한빈은 구결을 머릿속에 떠올렸다.

구결십팔보와 전광석화를 동시에 운용하자 한빈의 모습이 그 자리에서 사라졌다.

사사삭.

같은 시각 영단산 초입.

여러 개의 그림자가 수풀 사이로 나타났다 없어졌다를 반복했다.

의복의 모양을 달라도 모두 색은 같았다.

모두가 검은색의 야행복을 입고 있었다.

거기에 더해 얼굴에 복면까지 쓰고 있었다.

여기에는 이유가 있었다.

사파들 사이에 은밀히 퍼진 소문.

그것은 산서삼살이 청명환을 탈취한 후 이곳을 지나간다는 것이었다.

산서삼살보다 무공이 위인 고수도.

그보다 무공이 아래인 하수도.

모두가 영약을 원하기는 마찬가지였다.

하지만, 운 좋게 영약을 탈취한다 해도 그것을 지킬 힘은 그들에게 없었다.

먹이사슬의 꼭대기에 있다는 무인은 여기에 없었으니 말이다.

그런 연유로 그들은 신분을 숨기기 위해 야행복을 입고 복면을 쓸 수밖에 없었다.

하지만, 복면도 야행복도 없이 홀로 산을 오르는 이가 있었다.

터벅터벅.

남들은 발소리를 숨기는 데 비해 그는 마치 자신의 존재를 뽐내기라도 하듯 내공을 실어 움직이고 있었다.

분을 칠했는지 하얀 얼굴이 유난히 눈에 띄었다.

거기에 붉은색을 칠한 듯한 입술.

얼굴만 봐서는 남자인지 여자인지 구분이 안 가는 모습이었다.

그는 잔혈마도(殘血魔刀) 임길태였다.

마도 서열 이십 위 안에 드는 사내였다.

그의 도(刀)에 피가 마를 날이 없다 해서 붙여진 별호가 바로 잔혈마도였다.

그가 쓰는 파혈도(破血刀)의 도신을 자세히 보면 윗부분에 홈이 파여 있었다.

이 홈을 이용해 상대의 검을 낚아채 부러뜨리는 금검일도(擒劍一刀)는 그의 성명절기였다.

파혈도를 등에 찬 잔혈마도 임길태는 평지를 걷듯 산을 올랐다.

그때 여러 곳에서 병장기 부딪치는 소리가 들렸다.

챙! 챙!

임길태는 힐끔 고개를 돌렸다.

그곳에는 복면을 쓴 사파 무인들이 청명환이 든 한철 궤를 차지하기 위해 달려들고 있었다.

그 모습에 임길태는 피식 미소를 지었다.

임길태는 난장판의 중앙으로 서서히 걸어갔다.

챙! 챙!

임길태는 병장기 부딪치는 소리가 마치 기루에서 들려오는 칠현금 소리라도 되는 듯 어깨를 들썩였다.

임길태의 기세 때문일까?

울려 퍼지던 병장기 소리가 서서히 멈췄다.

챙!

마지막으로 검을 멈춘 사파 무인이 고개를 돌려 임길태를 바라봤다.

"대체 웬 놈이냐?"

"……."

임길태는 그의 질문에 웃기만 했다.

입꼬리를 기분 좋게 올리는 모습이 누가 봐도 비웃음이었다.

기분 나쁜 웃음에 미간을 좁힌 사파 무인이 다시 물었다.

"누구냐고 해도? 이놈이 관을 봐야 눈물을 흘릴 놈이구나."

"풋!"

"이게, 감히 웃어?"

"내 별호를 들은 놈 중에 목이 온전히 달려 있는 놈이 없을걸? 이걸 말해 줘야 하나, 말아야 하나?"

임길태는 관자놀이를 톡톡 치며 주변을 향해 묘한 비웃음을 보냈다.

십여 명이 어우러져 싸우는 전장 한복판에 서 있는 임길태의 모습은 여유 만만했다.

이쯤 되자 사파 무인들도 경계하기 시작했다.

"누군지 말씀해 주시오."

이제는 약간 존대를 하는 사파 무인.

임길태의 웃음이 더욱 짙어졌다.

"강호에서는 잔혈마도라 부르기도 하더라."

장난스러운 그의 말투에도 여기저기서 헛숨이 튀어나왔
다.

"헉!"

"천산의 잔혈마도?"

천산이라면 마교의 본거지가 있는 천산 산맥을 일컫는 것
이었다.

잔혈마도라는 별호에 대해서는 모르는 강호인이 드물었
다.

다른 이도 끼어들었다.

"마교의 고수? 그 잔혹하다는……. 아니, 그 잔혈마도가
당신?"

여기저기에 웅성대는 소리가 울렸다.

누군가 다시 물었다.

"신교의 고수가 여기에는 어쩐 일입니까?"

마교라 아니하고 신교라 한 것은 잔혈마도의 비위를 맞추
기 위함이었다.

그 모습에 잔혈마도 임길태가 피식 웃었다.

"보면 몰라? 내가 왜 왔겠니? 너희는 내가 여기 놀러 온 것
처럼 보이니?"

남성도 여성도 아닌 요사스러운 말투에 사파 무인들이 한 발 물러서며 외쳤다.

"마교인이 무슨 일로 하남까지 왔단 말입니까?"

"강북에 볼일이 있어 가다가, 좋은 물건이 있다길래 와 봤지."

말을 마친 임길태가 오른손을 내밀었다.

그 모습에 사파 무인이 고개를 갸웃했다.

"그게 무슨 뜻이요?"

"너희한테 청명환이라는 좋은 물건이 있다지? 일단 내놔 봐, 귀염둥이들."

누가 봐도 비꼬는 말투.

동시에 사파 무인들이 땅에 떨어진 조그마한 보따리에 시선을 옮겼다.

순간 오가는 눈빛.

사파 무인들의 검이 임길태를 향했다.

눈빛을 교환한 사파 무인들은 임길태를 향해 동시에 달려갔다.

쉥!

사방에서 번쩍이는 검날.

임길태는 오른손을 거둬들이며 등에서 파혈도를 뽑았다.

횡!

동시에 그들의 중앙을 가로질렀다.

임길태가 사파 무인들을 가로지르자 이상한 소리가 울려 퍼졌다.

틱! 틱!

묘한 소리가 두어 번 울린 후 임길태는 그들이 오던 방향을 완벽하게 돌파했다.

뒤돌아선 임길태가 사파 무인들을 향해 턱짓했다.

사파 무인들은 그게 무슨 뜻인지 모른다는 듯 고개를 갸웃했다.

그때 임길태가 손가락을 튕겼다.

탕!

동시에 그들의 병장기가 반 토막이 나서 떨어지기 시작했다.

툭! 툭!

반 토막이 난 도신과 검신 들이 땅에 박혔다.

"이런 제길!"

"진짜 잔혈마도구나!"

모두가 어금니를 깨물자 임길태가 천천히 걸어왔다.

저벅저벅.

내공을 완전히 개방하자 임길태의 주변에서 혈향이 맴돌았다.

그 기세에 사파 무인들이 반 토막 난 병장기를 떨어뜨렸다.

탁! 탁!

동시에 맨 앞에 있던 사파 무인이 외쳤다.

"졌소이다! 그러니……."

그는 말을 맺지 못했다.

스윽!

그의 말이 끝나기도 전에 임길태의 칼이 허공에 한 획을 긋듯 자연스럽게 지나갔다.

순간 맨 앞에 선 사파 무인의 목에 선혈이 생겨났다.

임길태가 씩 웃더니 사파 무인의 머리를 검지로 톡 쳤다.

동시에 목이 떨어졌다.

난데없는 피 분수에 남은 사파 무인들이 뒤로 주춤거리며 물러났다.

싸움이라면 기죽지 않은 사파 무인들에게도 임길태의 모습은 두려움 그 자체였다.

압도적인 무력 앞에서 그들은 가늘게 어깨를 떨었다.

그중 하나가 힘겹게 입을 뗐다.

"왜, 왜 그러시오, 잔혈마도. 항복한다고 하지 않았소?"

임길태가 파혈도를 털었다.

팟!

"항복은 아직 힘이 남아 있는 놈이 하는 거야. 힘없는 놈은 항복을 선택할 자격도 없는 거고……. 너희는 그렇게 생각하지 않니?"

말을 마친 임길태는 왼손으로 도신에 남은 핏방울을 쓸어
내렸다.

스윽.

왼손에 묻은 혈흔을 얼굴 가까이로 가져가 확인한 임길태
가 말을 이었다.

"너무 피가 묽네. 피가 조금 더 필요한 것 같아. 우리 애기
가 배고파하잖아."

애기라 하면 그의 애병인 파혈도를 말하는 것이었다.

그는 파혈도를 오른손으로 돌리며 사파 무인에게 다가갔
다.

터벅터벅.

그 모습에 사파 무인 하나가 재빨리 외쳤다.

"저기 있소, 저기!"

"대체 뭐가 있다는 거니?"

"당신이 찾는 청명환 말이오. 청명환이 담겨 있는 한철 궤
가 저기 있소!"

누군가 바닥에 있는 보따리를 풀었다.

모습을 드러내는 한철 궤.

임길태가 그것을 보더니 헛기침했다.

"흠."

냉기를 풀풀 풍기는 것으로 봐서 진짜 한철 궤가 맞았다.

영약을 운반하기에 적합한 상자.

임길태는 저 한철 궤 안에 곤륜의 영단인 청명환이 들어 있다고 확신했다.

문제는 남은 사파 무인들의 처리였다.

임길태가 고개를 끄덕였다.

그 모습에 사파 무인들이 서로 눈빛을 맞추며 안도의 한숨을 쉬었다.

그때 임길태가 번개처럼 움직였다.

그가 향한 곳은 사파 무인들 사이.

슉! 슉!

임길태의 도가 그들 사이를 갈랐다.

툭! 툭!

사파 무인들의 목이 바닥에 떨어졌다.

모두를 제거한 후 한철 궤를 집어 든 임길태가 천천히 걷기 시작했다.

＊

한편, 같은 시각.

한빈은 다른 곳에서 결전을 펼치고 있는 사파 무인들을 헤집고 다니며 구결을 수집하고 있었다.

영단산의 풀숲에서 한빈의 월아가 춤을 추었다.

휙!

의미 없이 검날이 움직일 때도 있었지만, 가끔은 새로운 구결이 나타나기도 했다.

[용안(龍眼)으로 구결을 확인합니다.]
[용린검법의 응용편 중 허(虛)를 획득하셨습니다.]

　비록 인급 구결은 아니지만, 용린검법을 발전시킬 응용편의 구결이었다.

[응용편 - 허(虛)]
[응용편 인급 - 자(自), 자(自)]

　휙! 휙!
　하지만, 헛수고일 때도 있었다.

[……부족한 책장으로 흡수를 보류합니다.]

　획이 분해되어 점으로 사라진다.
　그 모습에 한빈은 침을 꼴깍 삼켰다.
　"아까운 구결!"
　뭐, 한빈의 혼잣말에 신경 쓰는 사파 무인들은 없었다.
　오직 앞에 있는 한철 궤를 차지하기 위해 병장기를 휘두를 뿐이었다.

그렇다고 서로의 목에 칼을 겨누지는 않았다.

전투 불능 상태가 되면 알아서 물러나는 예의는 있었다.

그때였다.

누군가 외쳤다.

"산서삼살이다!"

"산서삼살? 그렇다면 진짜 청명환을 가지고 있겠네!"

"그럼 우리가 가진 건 가짜고?"

"아까도 다른 보따리를 봤잖아. 그러니 어떤 게 진짜인지 모르지. 아마도 저놈들이 가진 게 진짜가 맞을 거야."

한 무리의 사파 무인이 속닥이며 어딘가로 달려갔다.

동시에 그들과 싸우던 사파 무인들도 달리기 시작했다.

물론 한빈도 달렸다.

한빈이 원하는 것은 한철 궤가 든 보따리가 아닌 싸움터였으니 이 기회를 놓칠 수는 없었다.

❧

사파 무인의 포위망을 잘 빠져나가던 산서삼살은 산 중턱에서 퇴로가 막혔다.

빙혈서생 소경운의 기지로 보따리를 내던져 복면을 뺏어쓰고 도망가는 데에는 성공했지만, 편육랑아의 덩치가 문제였다.

흑의살풍과 빙혈서생의 경우 복면만 쓰면 다른 사파 무인과 구별이 안 되었다.

하지만, 편육랑아는 낭아봉을 버리고 도주했음에도 한눈에 표시가 났다.

빙혈서생 소경운은 지금 눈물이 날 지경이었다.

억울해도 너무 억울했다.

그가 생각하기에 마차에 실린 한철 궤는 모두가 가짜였다.

진짜는 아예 처음부터 가지고 오지도 않았을 가능성이 컸다.

천리 표국과 팽가의 사 공자가 청명환을 운송한다는 소문이 퍼진 덕분에 모든 시선이 이쪽으로 몰렸으니, 누군가는 편안히 진품을 하남정가까지 운송했을 것이었다.

그것이 빙혈서생의 추론이었다.

탈출하며 한철 궤를 보따리에 싸서 모두 던졌지만, 지금 하나는 들고 있었다.

이것은 목숨 줄이었다.

누군가 청명환을 내놓으라 하면 지금 손에 든 한철 궤를 던져 줄 것이었다.

아니나 다를까.

산서삼살을 발견한 이 중 하나가 외쳤다.

"진짜 청명환이 저기에 있다!"

그게 바로 일각 전이었다.

그때부터 추격전은 계속되었고, 지금 산서삼살은 막다른 절벽에서 꼼짝달싹을 못 하고 있었다.

점점 좁혀 오는 포위망 속에서 빙혈서생이 나지막이 외쳤다.

"나쁜 새끼!"

"맞습니다. 그놈은 구천 지옥, 아니 그보다 더한 곳이 어울릴 놈입니다."

편육랑아가 맞장구쳤다.

두 사람이 욕하고 있는 대상은 물론 한빈이었다.

흑의살풍은 아무 말 없이 좁혀 오는 사파 무인들을 살필 뿐이었다.

이 정도로 몰려온다고?

이건 아예 사파의 뿌리를 뽑으려는 악랄한 계책 같았다.

이 일이 끝나면 강북 사파의 세력 중 오분지 일은 날아갈 것만 같은 분위기였다.

흑의살풍은 이것이 정의맹 수뇌부의 계책이 아닐까 하는 의심마저 했다.

지금 재수에 옴 붙었다고 생각되는 것이, 묘하게도 영단을 뺏으러 온 사파 무인 중 반은 이곳에 모여 있는 분위기였기 때문이다.

빙혈서생은 그들의 병장기를 유심히 바라봤다.

예상한 대로 그들의 문파는 모두 달랐다.

그때 빙혈서생의 머릿속에 조금 전까지 욕했던 한빈의 얼굴이 떠올랐다.

한빈이라면 이 상황에서 어떻게 했을까? 하는 의문이 들었다.

이 난관을 극복하기 위해서는?

조금 더 대담해질 필요가 있었다.

빙혈서생이 한철 궤를 들고 그들에게 걸어갔다.

터벅터벅.

산서삼살과 사파 무인들의 중간 지점에서 선 빙혈서생은 한철 궤를 바닥에 내려놨다.

순간 여기저기서 웅성대는 소리가 들려왔다.

"무슨 짓이지?"

"빙혈서생이 미쳤나?"

"지금 청명환을 포기한 거야?"

모두가 웅성거리며 같은 패거리와 눈빛을 교환할 때 빙혈서생이 나지막이 외쳤다.

"우리 산서삼살이 사파에서도 알아주는 고수라 하지만!"

마지막 말에 힘을 줘서 끊은 빙혈서생은 주변을 둘러봤다.

동시에 주변이 잠잠해졌다.

모두의 시선이 한곳으로 모이자 빙혈서생이 기다렸다는 듯 말을 이었다.

"당신들이 모두 덤빈다면 우리는 이길 수 없소. 그래서 제안드리는 바이오. 이 중에서 제일 강자가 이 한철 궤를 가져가는 것이 어떻겠소?"

빙혈서생이 바닥에 있는 한철 궤를 가리키며 주변을 둘러보자 모두가 웅성대기 시작했다.

"힘으로 차지하자는 거야?"

"그럼 여기서 비무 대회라도 열자는 말인가?"

"지금 그게 말이 된다는 건가?"

그때 빙혈서생이 말했다.

"모두가 말한 대로 이곳에서 작은 비무 대회를 열자는 말이오. 강자가 보물을 차지하는 것은 강호의 법칙. 또한 여기서 서로의 목에 칼을 겨눈다면 사파의 힘이 줄어들 것은 자명한 이치요. 강호의 패권을 정파에게 바치는 꼴이 될 것이오!"

빙혈서생은 한마디 한마디에 힘을 주어 목에 핏대를 세우며 모두를 설득했다.

분명 명분이 있는 연설이었다.

"일리가 있군."

"하긴, 지금 누가 청명환을 차지하든 강북 사파의 세력이 줄어들 것은 사실이지."

"모두가 복면을 쓴 채 비무를 벌이고 여기 있는 자들이 모두 소유권을 인정한다면 가능한 일이 될 수도⋯⋯."

모두가 고개를 끄덕였다.

빙혈서생은 안도의 한숨을 속으로 삼켰다.

한빈을 떠올리며 행한 계책이 정확히 먹힌 것이었다.

빙혈서생이 안심하고 있을 때 사파 무인 중 하나가 빙혈서생의 앞으로 걸어 나왔다.

"비무라, 좋소. 그런데 비무 후에는 청명환의 소유권을 온전히 차지할 수 있다고 어느 누가 장담할 수 있겠소?"

"그게 무슨 말이오?"

"생각해 보시오. 우리가 비무를 다 치르고 승자가 정해졌을 때 다른 문파가 나타난다면 그들이 이 비무의 승자를 인정할 수 있겠소?"

"……."

빙혈서생은 눈을 가늘게 뜨고 상대를 바라봤다.

사실 상대의 말이 맞았다.

빙혈서생은 이 비무를 제안하고는 조용히 빠져나갈 심산이었다.

하지만, 갑자기 훼방꾼이 등장한 것이었다.

빙혈서생은 눈살을 찌푸리며 말했다.

"그럼 우리의 팔이 다 날아가고 우리의 목이 다 떨어질 때까지 싸우자는 말이오?"

"그건 아니오. 하지만, 강자만이 청명환을 차지하리라는 법은 없지 않소?"

"그게 무슨 말이오?"

"예를 들어 경공이 빠른 자가 차지할 수도 있지 않겠소?"

"빠른 자라……."

빙혈서생이 말을 마치기도 전에 상대는 재빨리 바닥에 떨어진 한철 궤를 낚아챘다.

휙!

동시에 뒤로 물러난 사내가 외쳤다.

"이렇게 말이오!"

순간 모든 사파인이 움직였다.

나머지 사파 무인들도 만만치 않았다.

한철 궤를 든 사내를 신속하게 막아섰다.

겹겹이 포위된 상태 사내는 한 치의 망설임도 없이 한철 궤를 높이 던졌다.

"강한 놈이 보물을 차지하는 것은 강호의 법칙이지. 강자존! 보물은 강자의 것이지!"

공중에 한철 궤를 던진 채 사내는 잽싸게 뒤로 빠졌다.

동시에 사파 무리가 병장기를 뽑아 들었다.

스릉! 스릉!

그 모습에 빙혈서생은 황당하다는 듯 사내를 바라봤다.

피를 안 보고 주인을 정할 수 있었다. 그리된다면 자신들도 무사히 빠져나갈 수도 있었을 텐데, 사내는 자신이 차지하지도 못할 것을 훼방만 놓은 것이다.

"저런 미친놈이……."

빙혈서생은 말끝을 흐렸다.

지금 사내와의 대화에서 누군가의 얼굴이 불현듯 떠올랐기 때문이었다.

'누구지? 어디서 많이 들어 본 목소리인데?'

빙혈서생이 고개를 갸웃하며 그를 주시하고 있을 때였다.

그가 눈여겨보던 사내의 움직임이 묘했다.

사내는 어떤 무리에 속하지 않고 단검으로 상대를 찌르며 다니고 있었다.

살상보다는 상대에게 상처를 주기 위한 행동처럼 보였다.

빙혈서생은 의문을 멈추고 이 혼란을 틈타 자리를 빠져나가려 했다.

하지만, 상황은 그리 만만치 않았다.

싸움이 일어났지만, 포위망은 그대로였다.

빙혈서생이 멈춰서 상황을 보고만 있자 편육랑아가 물었다.

"형님, 빠져나가지 않고 보고만 있는 것이오?"

"문제는 지금 움직인다면 모두의 칼끝이 우리에게 향하리라는 것이다."

빙혈서생의 말에 편육랑아는 고개를 돌려 흑의살풍을 바라봤다.

흑의살풍이 고개를 끄덕인다.

"둘째의 말이 맞다. 승자가 정해지기 전에 여길 떠난다면 모두가 우리를 합공하겠지. 우리가 다른 한철 궤를 몸에 숨겨 떠난다고 생각할 수도 있으니까."

"아."

편육랑아가 탄성을 흘릴 때 빙혈서생이 고개를 갸웃했다.

"그런데, 아까 그놈의 목소리가 귀에 묘하게 익습니다."

"저놈을 말하는 것이냐?"

"네, 저 회색 무복의 사내의 목소리가 귀에 익으면서도 묘하게 거슬립니다."

"나도 느꼈다. 묘하게 거슬리더구나. 저놈을 보고 있자니 목에 가시가 박힌 듯 거슬려."

둘의 대화를 듣고 있던 편육랑아는 고개를 갸웃하며 사내를 바라봤다.

편육랑아가 보기에는 그저 평범한 사파 무인일 뿐이었다.

챙! 챙!

병장기 부딪치는 소리 속에서, 사내는 신속하게 움직였다.

사내가 원하는 것은 살상이 아니었다.

[용안(龍眼)으로 구결을 확인합니다.]
[용린검법의 응용편 중 성(聲)을 획득하셨습니다.]

사내의 정체는 바로 한빈이었다.

비무로 승부를 내면 혼란이 줄어들 것이었다.

그것은 한빈이 원하는 상황이 아니었다.

이 아수라장에서는 일렁이는 구결을 향해 언제든 검을 뺄 수 있었지만, 비무라면 상황은 달라질 것이다.

그래서 부득이하게 빙혈서생의 제안에 반대할 수밖에 없었다.

빙혈서생이 묘하게 거슬려하는 것도 당연했다.

그가 가장 원망하는 것이 한빈이었으니까.

한빈은 주변의 시선에 아랑곳하지 않고 단검을 뺐었다.

한빈은 절대 필요 없는 공격을 펼치지 않았다.

오직 구결이 일렁이는 점만을 향해 검을 뺐었다.

슉!

[용린검법의 응용편 중 세(勢)를 획득하셨습니다.]

비록 인급 구결을 습득하지는 못했지만, 응용편 세 개가 모였다.

한빈은 전광석화의 효용을 더해 더욱 빨리 사파 무인 사이를 누비고 다녔다.

만일 이들 싸움이 문파 대 문파의 대결이라면 한빈의 행동은 바로 들켰을 것이었다.

하지만, 여러 문파가 아우러진 아수라장 속에서 한빈의 행동은 누굴 공격하든지 자연스러웠다.

한빈의 공격을 눈여겨보던 흑의살풍이 눈을 크게 떴다.

입까지 떡 벌린 그의 모습을 본 둘째 빙혈서생이 물었다.

"형님, 왜 그러십니까?"

"저놈의 정체를 알 것 같다."

"네? 저놈의 정체라니요?"

빙혈서생이 눈을 가늘게 뜨고 묻자 흑의살풍이 다시 한번 사내를 가리켰다.

"저놈은 분명 그 악마가 분명하다."

"악마라니 그게 무슨 말씀……."

빙혈서생은 말끝을 흐렸다. 흑의살풍이 악마라 칭할 사람은 한 명밖에 없었기 때문이다.

빙혈서생의 며칠간의 고난이 스쳐 지나갔다.

그는 낮은 목소리로 물었다.

"혹시 하북팽가의 사 공자 말씀입니까?"

"그래, 그놈 말고 악마라 할 수 있는 놈이 어디 있더냐?"

흑의살풍이 고개를 끄덕였다.

사내를 바라보던 빙혈서생도 눈을 크게 떴다.

사파 무인 사이를 누비고 다니는 사내의 동작에서 사 공자의 무위를 엿봤기 때문이었다.

그의 동작은 이해가 되지 않았다.

상대를 전투 불능의 상태로 만드는 것도 아니고 피를 보기 위해서 단검을 휘두르는 것 같았다.

그저 피에 굶주린 악마만이 보일 수 있는 행동이었다.

거기에 더해 단번에 숨을 끊는 것이 아니라 고양이가 쥐를 가지고 놀듯이 사파 무인을 유린하고 있었다.

옆에서 대화를 듣던 편육랑아가 자리에서 일어났다.

그 모습에 빙혈서생이 물었다.

"셋째야, 왜 그러느냐?"

"내가 저놈의 다리몽둥이를 부러뜨려 놓겠습니다."

편육랑아가 콧김을 내뿜었다.

그 모습에 빙혈서생이 손을 내저었다.

"괜히 나서지 말아라, 저놈의 다리를 부러뜨리기 전에 네가 당한다."

빙혈서생의 말은 진심이었다. 하지만, 편육랑아는 인정하지 못한다는 듯 다시 물었다.

"제가 당하다니 무슨 말씀입니까? 저놈도 지쳤을 것이 아닙니까?"

"저게 지친 것으로 보이냐?"

빙혈서생은 한빈을 가리켰다.

한빈은 최소한의 동작으로 사파 무인들을 단검으로 썰고 다녔다.

"흠."

편육랑아가 헛기침하자 빙혈서생이 말을 이었다.

"그리고 저놈은 네가 나서는 순간 뒤로 빠지며 외칠 것이다."

"뭐라고 외칩니까?"

"우리가 진짜 청명환을 들고 도망치려고 한다고 말이다."

"헉!"

편육랑아의 커다란 어깨가 가늘게 떨렸다.

단순한 편육랑아라도 그동안 한빈이 해 온 행동으로 봐서는 그러고도 남으리라는 것을 알 수 있었기 때문이었다.

산서삼살은 한빈의 정체를 알아봤지만, 어쩔 도리가 없었다.

물론 한빈에게는 그들이 자신을 알아본다고 해도 여러 가지 계획이 있었다.

구결을 수집하는 것을 중지해야 하지만, 아무 피해 없이 몸을 뺄 자신은 있었다.

한빈은 고개를 돌려 빙혈서생을 바라봤다.

바라보는 눈빛이 자신을 알아본 것 같은 느낌이었다.

자리에서 멍하니 보고만 있는 것으로 봐서 상황을 파악한 것이 분명했다.

한빈은 다시 사파의 무리 속으로 들어갔다.

슉!

[용린검법의 응용편 중 장(張)을 획득하셨습니다.]

새로운 글귀에 한빈은 공격을 멈추고 옆으로 빠져서 다음에 나올 문구를 확인했다.

[흩어진 용린검법의 구결 중 하나의 초식을 완성했습니다. 초식이 활성화됩니다.]

[허장성세(虛張聲勢) - 자신의 무공 수위보다 높은 경지의 사자후를 토해 냅니다. 자신보다 무공 수위가 높은 상대일 경우 효과는 찰나에 불과합니다. 단, 한 시진에 한 번만 사용할 수 있습니다. 필요 공력 이 년.]

허장성세라?
사자후라면 공력을 목소리에 실어 내뿜는 음공의 일종이라고 볼 수 있다.
한빈의 얼굴에 묘한 웃음이 맴돌았다.
사실 사자후는 실전에서는 쓸 수 없는 무공이었다.
성대에 내공을 집중시키려면 기본 공격에 소홀해질 수밖에 없기 때문이었다.
즉, 생사결을 앞두고 혹은 대결이 끝난 상황에서 적을 압

도하는 방법으로 쓸 수밖에 없는 것이다.

그런데 지금 한빈이 얻은 허장성세 초식은 조금 달랐다.

용린검법의 초식은 내공을 운용하는 것이 아닌 비급에 모인 공력을 이용하는 것이므로 준비 단계가 필요 없었다.

자신보다 높은 경지의 고수와 대결할 때의 효과는 찰나라고 하지만, 그 짧은 순간에 틈을 만들어 낸다면?

이 년이라는 공력이 아깝지 않을 것이다.

한빈은 사파 무인들 사이를 완벽하게 빠져나와 구석에 쪼그려 앉았다.

그러고는 허공을 바라보며 다시 초식을 음미했다.

누가 보면 지나가다 싸움을 구경하고 있는 동네 한량으로 착각할 듯한 편안한 자세였다.

한빈이 허공을 바라보며 새로 습득한 초식을 음미하고 있을 때였다.

이상하게 옆에서 따가운 시선이 느껴졌다.

살기라면 검을 뽑았을 테지만, 이건 묘한 시선이었다.

한빈은 재빨리 고개를 돌렸다.

그곳에는 산서삼살이 한빈을 조용히 바라보고 있었다.

시선이 마주치자 한빈이 슬쩍 복면을 내렸다.

그러고는 씩 웃으며 조용히 입을 열었다.

"산서삼살, 용케 나를 알아보셨구나?"

"흠."

빙혈서생이 헛기침하며 잽싸게 고개를 돌렸다.

괜히 말을 섞어 봤자 상황만 안 좋아진다는 것을 알고 있기 때문이었다.

빙혈서생뿐 아니라 흑의살풍과 편육랑아도 다급히 고개를 돌렸다.

그러거나 말거나 한빈은 사람 좋은 얼굴로 말을 이었다.

"역시 산서삼살이네요. 안 죽고 살아 있을 줄 알았다니까."

이건 칭찬인지 산서삼살을 깎아내리는 것인지 모를 말이었다.

빙혈서생이 마지못해 고개를 돌려 한빈을 바라봤다.

"사 공자, 대체 목적이 무엇이오? 청명환의 운송이 목적이라면 빨리 하남정가로 가야 하는 것이 아니오? 왜 여기서 칼질을 해 대는 것입니까?"

"내가 하남정가랑 무슨 상관이라는 거죠?"

이것은 진심이었다.

정확히 말하면 한빈의 목적은 청명환의 호송 자체가 아니었다.

한빈이 하남정가에 도착하기 전에 벌어지는 일은 그와 하북팽가와는 관계없는 일이었다.

물론 하남정가에 도착하고 나서는 일이 달라진다.

한빈의 반응에 빙혈서생은 어이가 없는지 아무 말도 못 하고 살짝 입을 벌렸다.

"……."

"그건 그 사람들이 알아서 할 일이고 나는 여기에서 볼일이 있거든요."

"대체 무슨 볼일이……."

빙혈서생의 말이 끝나기도 전에 한빈이 끊었다.

"쉿, 그건 비밀이죠."

한빈이 입술에 검지를 갖다 대며 웃었다.

그 모습에 빙혈서생은 눈매를 좁혔다.

그는 한빈이 정파인이 아니라는 데 손목을 걸 수 있었다.

강남 정파의 기둥 중 하나라 일컬어지는 하남정가 가주의 생명이 걸린 운송을 자신과 상관없다고 말할 수 있는 정파인이 누가 있을까?

거기에 그렇게 말하는 자가 운송의 책임자라니?

사파 무인들의 싸움은 그 뒤로 차 한 잔 마실 시간이 지날 즈음에도 계속되었다.

그때 한빈이 자리에서 일어났다.

그 모습에 빙혈서생이 물었다.

"사 공자, 어디 가십니까?"

"여기 계속 있게요? 이제 싸움도 끝나 가니 가 봐야죠."

이것은 진심이었다.

이곳에 모인 사파 무인에게 얻을 구결은 이제 남아 있지 않았다.

한빈이 빙긋 웃자 빙혈서생이 고개를 갸웃했다.

조금 전까지 저 사파 무인들 틈에서 치열하게 싸우던 한빈이었다.

그런데 이렇게 간다니?

그 표정을 본 한빈이 말을 이었다.

"그런데, 도망치려면 지금이 기회일 텐데요?"

한빈이 턱짓으로 포위망 중 구멍 난 곳을 가리켰다.

빙혈서생이 그곳을 보더니 당황한 목소리로 답했다.

"고, 고맙소, 사 공자."

"아, 내가 왜 이런 걸 말해 주고 그러지? 싸우다 정들었나 보네."

한빈의 혼잣말에 빙혈서생이 어이없다는 듯 받아쳤다.

"그게 무슨 말이오? 우리가 일방적으로 맞은 거지, 어떻게 싸운 게 되오?"

"음, 그건 알아서 해석하시고 빨리 빠져나가시죠. 잘못해서 아는 얼굴을 밟으면 그것도 기분 나쁜 일이니까요. 가면서 목 조심하시고요."

"허."

빙혈서생은 옅은 탄성을 뱉은 후 자리에서 일어났다.

한빈이 뱉은 마지막 말이 반은 농담이라는 것을 알고 있었다.

하지만, 나뒹구는 머리를 밟기 싫다는 말은 정파의 입에서 나올 농담은 아니었다.

빙혈서생이 나머지 산서삼살에게 턱짓으로 신호했다.

이제 이곳을 빠져나가자는 뜻이었다.

산서삼살이 모두 일어나 조심스럽게 발길을 옮길 때였다.

한빈이 빙혈서생의 소매를 잡았다.

탁!

놀란 빙혈서생은 그 자리에서 석상이 되었다.

고개를 돌린 빙혈서생은 떨리는 목소리로 물었다.

"아, 아직도 우리가 할 일이 남아 있소?"

"그쪽으로 가면 죽음의 문이 열릴 거예요."

"사문(死門)이라면, 저 앞에 진법이라도 펼쳐져 있다는 말이오?"

"내 생각에는 진법보다도 더할 것 같은데……."

한빈은 말끝을 흐렸다.

멀리서 비명이 울려 퍼지기 시작했기 때문이다.

"악!"

"앗!"

비명은 점차 가까워지고 있었다.

상대는 고수였다.

그것도 피 냄새를 풀풀 풍기는 것으로 봐서 여기에서 칼을 맞대고 있는 사파 무리와는 차원이 다른 고수가 분명했다.

한빈은 비명이 울리는 곳을 바라보며 낮게 말했다.

"삼백 걸음."

빙혈서생이 미간을 좁히며 물었다.

"삼백 걸음 밖에 뭐가 있단 말이오?"

"적이 오고 있죠."

"적이라면……."

"여기 있는 모두가 덤벼도 당해 낼 수 없는 적."

"그게 무슨 말이오?"

"얼마 전부터 저 방향에서는 산새들조차 쥐 죽은 듯 기척을 죽였죠."

한빈이 방금 비명이 울린 곳을 가리켰다.

"그야 사파 무사들이 소란을 피우니 당연한 게 아니겠소?"

"산짐승도 그렇고 날짐승조차 저쪽은 피하고 있는 게 이상하다고 생각하지 않습니까? 저건 기세로 누른 것이 분명하죠."

말을 마친 한빈은 그쪽을 바라봤다.

빙혈서생도 한빈의 말이 그럴듯해 보였는지 고개를 돌렸다.

한빈의 말에는 일정 부분 일리가 있었다.

놀란 날짐승이 주변에서 퍼덕거린다든가, 그게 아니라도 먹이를 찾는 매라도 주변을 맴돌아야 하는 게 정상이었다.

저것은 누군가가 한정된 공간을 기세로 누르고 있다는 말이었다.

그렇다면 초절정 고수.

그것도 화경을 앞둔 최상급 이상이라는 말이었다.

숲속을 바라보던 빙혈서생은 고개를 갸웃하고 한빈을 바라봤다.

계속 무리 사이를 누비며 칼질을 해 대던 한빈이었다.

그 와중에도 주변의 상황을 눈에 담고 분석하고 있었다는 말이었다.

도저히 이해가 가지 않는 일이었다.

빙혈서생이 한빈과 함께 숲속을 바라보고 있을 때였다.

근처에서 비명이 다시 울렸다.

"악!"

그 비명을 시작으로 포위망 주변이 아수라장이 되었다.

"이게 대체……."

"헉!"

외마디 비명이 사방에서 울려 퍼졌다.

사파 무인들은 심상치 않은 상황에 상대를 공격하던 병장기를 멈췄다.

그러고는 주변을 둘러봤다.

그때 숲속 가운데에서 이상한 사내가 걸어오고 있었다.

분칠을 한 듯 하얀 얼굴에 붉은 입술.

저잣거리에서 봤다면 광대라 확신할 수 있는 인상의 사내였다.

그의 오른손에는 피가 뚝뚝 흐르는 도가 들려 있었다.

"저자는 뭐지?"

"뭐야? 저런 놈은 본 적이 없는데?"

"그러고 보니 복면도 안 썼네?"

이것은 이상한 일이었다.

사파 무사들은 신분을 숨기기 위해 모두가 복면을 쓰고 있었기 때문이었다.

모두가 그의 외모에 고개를 갸웃하고 있을 때였다.

한빈은 그의 걸음을 유심히 봤다.

한참을 보던 한빈이 나지막이 외쳤다.

"화경!"

한빈의 말에 산서삼살이 입을 떡 벌렸다.

초절정과 화경은 무위를 나누는 단계상 한 끗 차이라고는 하지만, 실제로는 하늘과 땅만큼의 격차가 있었다.

어릴 적 영약 좀 먹어 봤다 하는 고수 중 대부분이 초절정에 머무른다.

화경으로 가기 위해서는 필수적으로 자연을 이해하는 깨달음이 있어야 가능하다고 한다.

그럼 화경에 들면 가장 눈에 띄는 점은 무엇일까?

그것은 바로 공간 장악 능력이었다.

한빈이 사내의 걸음을 유심히 보고 화경이라 판단한 것은 그의 발이 풀을 밟지 않고 서 있었기 때문이다.

초상비(草上飛)라는 부르는 수법이다.

날듯이 풀 위를 걷는 초식.

내공을 이용한다면 초절정의 무위만 지녀도 흉내는 낼 수 있었다.

하지만, 초절정이라면 저렇게 자연스럽게 시전할 수 없는 수법이었다.

공간을 장악해야지만 쓸 수 있는 수법.

게다가 저 도신(刀身)이 눈에 익었다.

한빈이 나지막이 말을 이었다.

"저건 파혈도?"

"파혈도를 쓴다면 잔혈마도 아니오?"

식견이 넓은 빙혈서생이 물었다.

한빈은 그를 보며 조용히 고개를 끄덕였다.

놀란 빙혈서생이 사내를 바라봤다.

도신의 위쪽에 톱니처럼 생긴 홈이 파여 있었다.

분명 소문으로 들었던 파혈도와 비슷한 모양새였다. 거기에 더해 분칠을 한 듯 하얀 얼굴에 붉은 입술.

아니 진짜 분칠을 한 것이 분명했다.

보통 사람의 얼굴이 저리 흴 수는 없었으니까.

화장을 하는 사내.

거기에 파혈도라?

그것은 한빈의 말대로 잔혈마도밖에는 없었다.

얼굴에 칠한 분가루가 멀쩡한 것으로 봐서 그는 땀 한 방울 흘리지 않고 있었다.

그렇지 않아도 파란 빙혈서생의 낯빛이 더욱 어두워졌다.

빙혈서생은 고개를 돌렸다.

의지할 사람이 한빈밖에 없었기 때문이다.

"사 공자……."

하지만, 그는 고개를 갸웃해야 했다.

자신과 대화를 나누던 한빈이 사라졌기 때문이다.

빙혈서생이 낮게 외쳤다.

"튀었군. 이런 악마 같은 놈!"

흑의살풍과 편육랑아도 한빈이 있던 자리를 바라보며 눈가를 떨었다.

편육랑아가 외쳤다.

"악마!"

그것은 사실이었다. 한빈은 산서삼살에게 있어서는 재앙을 몰고 다니는 악마였다.

산서삼살이 없어진 한빈을 욕하고 있을 때였다.

잔혈마도는 한철 궤를 가운데에 두고 싸우는 무리를 보며 헛웃음을 쳤다.

말없이 한참을 바라보던 잔혈마도는 허리쯤에서 다른 사파 무인에게 빼앗은 한철 궤를 꺼냈다.

한철 궤를 꺼낸 잔혈마도가 말했다.

"저걸 두고 싸우는 걸 보니 이건 가짜라는 말이네."

말을 마친 잔혈마도는 손에 든 한철 궤의 뚜껑을 튕겼다.

순간 봉인이 뜯겨 윗부분이 날아갔다.

모습을 드러내는 영약.

잔혈마도는 한 치의 망설임도 없이 그 영약을 입에 털어넣었다.

"일단 이놈이 진짜일 수도 있으니 먹어 둘게, 애들아!"

말을 마친 잔혈마도가 무인들 사이를 아무렇지 않게 통과해 바닥에 떨어진 다른 한철 궤를 잡으려 했다.

순간 사파 무인 중 하나가 그를 향해 칼을 휘둘렀다.

휙! 털썩!

동시에 뭔가가 바닥에 뒹굴었다.

그것은 사파 무인의 오른팔이었다.

잔혈마도를 향해 칼을 뻗었던 사파 무인의 오른팔은 칼을 쥔 채 바닥에 뒹굴었다.

잔혈마도의 움직임을 본 자는 이곳에 몇 명밖에 없었다.

바닥에 있던 한철 궤는 벌써 그의 왼손에 들려 있었다.

사파 무인의 칼질이 잔혈마도의 동작에는 전혀 영향을 주지 못한 것이었다.

　잔혈마도는 다시 한철 궤의 뚜껑을 엄지만으로 열었다.

　툭!

　동시에 청명환을 입에 털어 넣었다.

　그러고는 고개를 갸웃했다.

　"이건 영약 같기는 한데……. 또 진짜라고는 확신을 못 하겠네. 내가 진짜를 먹어 봤어야 알지 않겠니?"

　그는 주변을 돌아보며 씩 웃었다.

　모두를 살핀 잔혈마도가 뭔가 생각난 듯 물었다.

　"남은 청명환 있니? 있으면 가져와. 숨기면 죽는 거 알지?"

　"……."

　모두는 말없이 잔혈마도를 바라봤다.

　모두의 눈빛에는 의구심과 수치심이 동시에 담겨 있었다.

　모두가 덤비면 잔혈마도를 이길 수 있지 않을까 하는 가능성과 함께 누구도 먼저 나서지 못하는 두려움도 동시에 가지고 있었다.

　그때 사파 무사 하나가 잔혈마도를 향해 짓쳐 들었다.

　팍!

　그와 동시에 잔혈마도의 파혈도가 가볍게 움직였다.

　휙! 털썩!

　달려가던 무사의 몸이 앞으로 허물어졌다.

머리와 몸통이 분리된 채로 말이다.

데구루루 구르는 머리를 바라본 같은 문파 무사가 달려 나갔다.

그들은 사파 중에서도 결속이 가장 끈끈하다는 백사문의 무리였다.

"와아!"

"저놈을 죽여라!"

그들이 동시에 달려드는 모습을 본 잔혈마도는 비릿한 미소를 띠며 오른손을 뻗었다.

그때였다.

잔혈마도는 뻗던 오른손을 멈추고 파혈도를 거둬들였다.

동시에 뒤로 몇 걸음 물러서는 잔혈마도.

달려드는 무사들에게서 몇 걸음 도망치는 모습이 되자 사람들은 웅성대기 시작했다.

"저거 생각 외로 허접 아니야?"

"우리도 달려들까?"

그것도 잠시 사파 무인들은 바로 숨을 멈춰야 했다.

잔혈마도의 주변에서 붉은 기운이 피어올랐으니 말이다.

스멀스멀 피어오르는 붉은 기세.

붉은 기운이 눈에 보일 정도였다.

그때 누군가 외쳤다.

"호신강기!"

그 뒤를 이어 다른 무사들이 하나씩 외쳤다.

"그렇다면……."

"화경의 고수다!"

"저, 저자는 혹시 마교의 잔혈마도……?"

"맞아, 잔혈마도가 맞아."

"스벌, 마교도가 왜 여기에 온 거지?"

"일단……."

무사들은 말을 잇지 못했다.

잔혈마도가 피워 내는 기세가 더욱 강해졌기 때문이다.

그 기세에 사파 무사들은 거미줄에 묶인 파리처럼 옴짝달싹 못 했다.

잔혈마도는 분노한 듯 이를 꽉 깨물며 주변을 살피고 있었다.

사파 무인들은 잔혈마도가 왜 저러고 있는지 고개만 갸웃할 뿐이었다.

물론 사파 무인 중에도 지금 상황을 아는 이는 있었다.

그중 하나가 산서삼살의 흑의살풍이었다.

흑의살풍은 지금의 묘한 광경을 흐릿하게나마 보았다.

잔혈마도는 사파 무인을 향해 파혈도를 그었다.

막 사파 무인의 목이 달아나려 하는 순간이었다.

회색 무복의 사내가 잔혈마도의 뒤편에서 흐릿한 형체로

나타났다.

동시에 바로 사라졌다.

거기까지가 흑의살풍이 본 전부였다.

회색 무복의 사내라면 물론 한빈이었다.

한빈이 왜 사파 무인들의 목숨을 구한다는 말인가?

이것은 말도 안 되었다.

물론 이유는 간단했다.

멀찌감치 떨어져 몸을 숨긴 한빈은 글귀를 확인했다.

[용안(龍眼)으로 초식을 확인합니다.]

[인급(人級) 구결 박(縛)을 획득하셨습니다.]

한빈은 아직 완성되지 않은 인급 구결 세 개를 바라봤다.

[……]

[인급(人級) – 자(自), 자(自), 박(縛)]

한빈은 고개를 들어 잔혈마도를 바라봤다.

잔혈마도에게 보이는 진한 점 하나가 아직 남아 있다.

사실 지금 구결을 획득한 것은 순전히 운이었다.

잔혈마도가 사파 무인들은 만만히 보지 않았다면 성공할

수 없는 수법이었다.

한빈은 기척을 완벽하게 지운 뒤 바닥에 누워 기다렸다.

잔혈마도는 널브러진 시체로 느꼈을 것이었다.

잔혈마도가 사파 무인에게 손을 쓸 때 한빈은 구결을 나타내는 점을 향해 단검을 꽂았다.

동시에 구결십팔보를 극성까지 운용해서 자리를 피했다.

이것이 잔혈마도에게 구결을 얻게 된 전말이었다.

하지만, 아직도 구결이 남아 있었다.

저 구결만 획득한다면 인급 초식 하나를 완성할 수 있을 것 같았다.

화경의 고수와 일대일로 싸운다?

그것은 개작두 속에 머리를 집어넣는 것과도 같았다.

그나마 다행인 것은 잔혈마도가 화경에 오른 지 얼마 안 되어 보인다는 것이었다.

초절정급까지의 무위는 초급에서 최상급으로 나뉘지만, 화경으로 가면 무위를 나누는 방법이 달라진다.

화경의 경지는 일 경에서 십이 경까지로 세분화된다.

이것은 선대 고수들이 나눠 놓은 것.

한빈이 아는 것은 화경의 초입인 일 경에서는 자신 주변의 한 걸음의 공간만을 장악할 수 있다는 사실뿐이었다.

한빈은 잔혈마도를 이길 수 있을까?

그 물음에 대해 한빈은 자신 있게 아니오라고 답할 수 있었다.

그렇다면 한빈은 잔혈마도에게 남은 구결을 획득할 수 있을까?

그 물음에 대해서는 반반이었다.

용린검법의 초식 중에는 쾌검난마(快劍亂魔)라는 초식이 있었으니까.

마(魔)를 상대할 때 공격력이 십 할 증가하는 초식으로, 천산혈랑을 상대하며 효과를 봤다.

지금도 그 효능이 발현된 상태였다.

물론 사파 무인들이 같이 움직여 준다면 조금 수월하게 구결을 습득할 수 있을 것이다.

하지만, 지금으로 봐서는 저들이 뜻대로 움직여 줄지는 의문이었다.

한빈이 기척을 죽이고 있을 때 잔혈마도는 고개를 숙여 자신의 허벅지에 꽂힌 단검을 뽑았다.

스윽!

순간 피 분수가 솟구친다.

쏴!

그것도 잠시, 잔혈마도는 내공으로 뿜어져 나오는 피를 멈추었다.

그 상황을 바라보던 사파 무인 중 절정급 이하의 무사들은 고개를 갸웃했다.

잔혈마도는 화경의 고수였다. 그의 허벅지에 단검이 박혀 있다니?

누가 잔혈마도에게 상처를 입혔는지 알 수 없을 노릇이었다.

그중 하나가 슬금슬금 잔혈마도를 향해 다가갔다.

잔혈마도는 함부로 파혈도를 쓰지 않았다.

뒤쪽을 의식한 듯 주변을 경계하고 있었다.

앞선 무사는 뒤를 돌아보며 같이 공격하자며 턱짓으로 신호를 보냈다.

그때였다.

싹!

무사의 목이 떨어졌다.

잔혈마도가 코웃음을 쳤다.

"어디서 장난질이니? 한 번 당하지 두 번 당할 줄 알아? 남은 애기들은 곱게는 못 썰겠다. 야채 다지듯 잘근잘근 다져 줄 테니 기다려."

잔혈마도는 이제 주변 상황에는 신경 안 쓴다는 듯 사파 무사들을 향해 성큼성큼 걸어갔다.

그도 그럴 것이 주변에서 자신에 비견될 고수의 기척을 찾지 못한 것이다.

허벅지에 단검이 박힌 것은 창피한 일었다.

하지만, 호신강기를 피워 낸 이상 더는 상처를 입지 않을 것이고 그 창피함은 이들을 모두 도륙한다면 세상에 알려질 턱이 없었다.

쓱!

잔혈마도의 파혈도가 허공을 가르자 누군가의 팔이 떨어져 나갔다.

압도적인 잔혈마도의 기세 앞에 무사들은 뒷걸음쳤다.

성난 고양이 수백 마리가 호랑이를 제압할 수 있을까?

물론 얕은 상처 정도는 입힐 수 있겠지만, 싸울 엄두를 낸다는 것 자체가 불가능한 일이었다.

지금 상황에서 잔혈마도는 호랑이고 사파 무인들은 고양이에 불과했다.

터벅터벅!

잔혈마도는 발소리에 맞춰 파혈도를 휘둘렀다.

사파 무인 중 한 명의 목이 달아나려는 순간 어디선가 번쩍하고 검이 날아왔다.

물론 그 검의 정체는 한빈의 검, 월아였다.

한빈이 쾌검난마와 일촉즉발을 동시에 운용하며 마지막 남은 구결을 수확하기 위해 달려든 것이다.

하지만, 잔혈마도는 뒤쪽에서 느껴지는 기세에 황급히 몸을 틀었다.

탕!

잔혈마도는 한빈의 월아를 도신으로 막았다.

한 번의 격돌에 사파 무인들은 뒤쪽으로 주춤 물러나 넋이 빠진 듯 바라봤다.

잔혈마도의 허벅지에 단검을 박은 고수가 모습을 드러낸 것이다.

누군가 외쳤다.

"우리를 도와줄 대협이 오셨다!"

"그런데 누구지?"

"헉, 그리고 보니……. 저 몸놀림은……. 아까 우리를 공격했던 사람 중 하나잖아!"

"그런데 왜 우리를 도와주려고 하는 거지?"

사파 무인들이 희망과 의문을 반반씩 섞어 외칠 때 잔혈마도가 비릿한 웃음을 지으며 한빈을 바라봤다.

"넌 누구니?"

"비밀이야!"

한빈이 활짝 웃으며 답했다. 복면을 썼지만, 잔혈마도는 그의 눈빛만으로도 표정을 알아챌 수 있었다.

잔혈마도는 눈썹을 꿈틀대며 물었다.

"네가 내 몸에 단검을 박은 넣은 아이니?"

"아이는 아니고 어른."

"그래, 내 몸에 상처를 낼 정도면 어른 대우를 해 줘야겠지. 그런데 넌 어디서 왔니? 사파?"

잔혈마도가 농담을 던지듯 묻자, 한빈이 어깨를 으쓱했다.

"그것도 비밀이야. 나는 싸우면서 입 터는 놈이 제일 싫더라."

"아무래도 네놈의 얼굴에서 입을 지워 준 후 얘기해야겠네. 자기야, 조심해."

잔혈마도의 말에 사파 무인들은 몸서리를 쳤다.

잔인함과는 어울리지 않는 중성적인 그의 태도가 더욱 공포스러웠던 것이다.

하지만, 한빈은 그의 모습이 아무렇지 않았다.

전생에도 잔혈마도와 싸운 경험이 있었으니까.

그때의 잔혈마도는 지금의 놈이 아니었다.

전생에 싸웠던 놈은 눈앞에 있는 잔혈마도에게 파혈도와 별호를 물려받은 후대의 잔혈마도였다.

경지는 놈보다 낮았지만, 전생에 마주한 잔혈마도는 더욱 징그러웠다.

어차피 초식은 비슷할 터.

화경이라 해서 쫄 필요는 없었다.

한빈이 외쳤다.

"어서 드루와! 헤벌쭉한 표정으로 날 보면 뭐라도 생기냐?"

동시에 잔혈마도의 파혈도가 움직였다.

이제는 참지 못하겠다는 듯 비웃던 표정마저 사라진 상태였다.

챙!

한빈의 월아가 그의 파혈도와 부딪치며 불꽃을 만들어 냈다.

잔혈마도가 나지막이 외쳤다.

"오호라, 자기는 한 수가 있었구나!"

"또 모르지, 두 수가 있을지."

그 말을 마지막으로 한빈은 공력을 실어 그의 파혈도를 튕겨 냈다.

팍!

동시에 둘은 서로 한 발씩 물러났다.

한빈과 검을 마주한 잔혈마도의 입가에 미소가 피어났다.

상대의 경지를 파악했고 이제는 요리만 남았다는 자신감이었다.

챙! 챙!

그들의 격돌은 계속되었다.

사파 무인들 눈에는 보이지 않을 정도의 속도로 그들은 공방을 주고받았다.

산서삼살 중 빙혈서생이 외쳤다.

"저게 말이 돼? 저게 사 공자의 실력이라고?"

"허허, 우리와 싸우면서도 힘을 다 보여 주지 않은 것 같구나."

흑의살풍이 나지막이 맞장구쳤다.

편육랑아는 실눈을 한계까지 치켜뜨며 둘의 격돌을 감상했다.

직접 본 무인 중에 저들보다 높은 경지의 무공을 지닌 이는 없었다.

사도련주라면 다르겠지만, 직접 보지는 못했으니 정확히 비교할 수는 없었다.

물론 한빈이 잔혈마도와 검을 맞댈 수 있는 것은 용린검법 중 쾌검난마의 효능 때문이라는 것은 누구도 알 수 없었다.

챙!

한편 한빈은 잔혈마도와의 대결을 해볼 만하다고 생각했다.

쾌검난마가 주는 효능은 엄청났다.

공력도 속도도 두 배가 된 기분이었다.

하지만, 그것은 한빈의 착각이었다.

잔혈마도의 칼끝이 점점 매서워지기 시작했다.

쓱!

한빈의 어깨를 긋고 지나간 그의 파혈도.

하지만, 기본편 중 회복의 구결이 솟구치는 피를 막아 줬다.

그 모습에 잔혈마도는 눈을 가늘게 떴다.

누가 봐도 내공으로 상처를 감싸는 모습이었다.

허장성세

잔혈마도는 한빈이 자신의 아래가 아닐지 모른다고 생각했다.

그는 방심이라는 두 글자를 버렸다.

한빈은 매서워진 잔혈마도의 칼끝에 더욱 긴장했다.

동시에 쓸 수 있는 용린검법의 초식은 아직 두 개였다.

전광석화와 쾌검난마 중 하나만 빼도 바로 밀릴 수밖에 없었다.

한빈은 본신의 내공까지 운용해 속도를 높여 나갔다.

쓱!

다시 잔혈마도의 파혈도가 한빈의 상체를 훑고 지나갔다.

휘릭!

잔혈마도의 공격에 한빈이 입고 있던 무복이 누더기가 되었다.

점점 회색 무복이 떨어져 나가고 안에 입었던 붉은색 무복이 드러났다.

잔혈마도의 공격에 겉에 입었던 회색 무복이 가루가 되어 버리자 한빈의 본래 무복인 적색 무복이 모습을 드러낸 것이다.

회색 무복이 잔혈마도의 공격에 날아가고 적색 무복만이 남아 있는 상태.

한빈의 상황은 그리 좋지 못했다. 하지만, 사파 무인들의 눈에는 그 모습이 경건해 보였다.

붉은 무복 위로 살짝 흘러내린 피는 마치 몸을 감싼 호신 강기처럼 보였다.

누군가 말했다.

"저 대협도 화경이다! 우린 살았어!"

"와아!"

울려 퍼지는 함성.

누군가가 다시 칼을 잡았다.

"우리도 대협을 돕자!"

그가 막 잔혈마도를 향해 달려들려고 할 때 뒤쪽에서 다른 무사가 그를 잡았다.

탁!

뜻밖의 상황에 무사가 뒤를 돌아봤다.

"왜 그래?"

"우리가 나서면 대협에게 방해가 될 것이야."

"그게 무슨……."

"생각해 봐, 화경의 고수 간의 대결이야. 우리가 도움이 될까? 아마도 저 대협은 오히려 우리를 상처 입힐까 봐 자신의 검을 쓰지 못할지도 몰라."

납득이 되는 말이었기에 튀어 나가려던 무사는 힘없이 검을 늘어뜨렸다.

하지만, 고개만은 숙이지 않았다.

마교의 고수인 잔혈마도와 팽팽하게 맞서는 한빈의 모습을 놓치기 싫은 것이었다.

이제는 잔혈마도에게 죽는다는 두려움 따위는 벗어 버렸다.

눈도 깜빡이지 않고 한빈의 검을 바라볼 뿐이었다.

무사는 자신도 모르게 외쳤다.

"아름답구나!"

그것은 진심이었다.

확실히 보이지는 않지만, 두 고수 간의 대결은 넋이 나갈 만큼 아름다웠다.

동시에 가슴에서 뭔가가 치솟았다.

그것은 강함에 대한 열망이었다.

물론 산서삼살도 마찬가지였다.

도망치려면 지금이 기회였다. 하지만, 그들도 자리를 떠나지 않고 한빈과 잔혈마도의 대결을 바라봤다.

빙혈서생이 나지막이 말했다.

"조문도 석사가(朝聞道 夕死可)라는 말이 떠오르는군요."

"나도 마찬가지네. 아침에 도를 들으면 저녁에 죽어도 좋다는 말이 이렇게 마음에 와닿을 줄은 몰랐군."

산서삼살도 진심 어린 눈빛으로 한빈을 바라봤다.

하북팽가의 사 공자라는 신분을 알고 있으면서도 이상하게 존경심이 들었다.

거기에 더해 자신에게 보여 줬던 무위가 빙산의 일각이라 생각하니 알 수 없는 경외감이 가슴에서 솟구쳐 오르는 중이었다.

아무리 생각해도 한빈은 산서삼살을 봐줬던 것이 분명했다.

그들의 대화는 한빈의 귀에도 똑같이 들렸다.

한빈이 속으로 미칠 것 같았다.

모두가 달려드는 아수라장이 펼쳐진다면, 그나마 해볼 수 있을 것 같았다.

그런데 자신을 화경의 고수라 생각하고 대결에 끼어들지 않는 것이었다.

다들 같이 덤벼들라고 말하고 싶었지만, 한빈에게 그럴 여유가 없었다.

슉!

지금도 날아드는 잔혈마도의 파혈도를 막기 버거웠으니까.

그나마 다행인 것은 쾌검난마의 효용 덕분에 한빈의 검이 호신강기를 뚫고 잔혈마도의 몸에 상처를 낼 수 있다는 점이었다.

호신강기를 뚫는 검이라?

누가 봐도 같은 경지로 볼 터였다.

슉!

한빈이 오른쪽으로 돌며 잔혈마도의 파혈도를 피했다.

하지만, 그의 파혈도에 머리카락이 우수수 떨어져 나왔다.

위기일발!

그것이 이 상황을 설명할 수 있는 단어였다.

한빈은 이제 모험을 걸기로 했다.

새로 얻은 초식을 사용해 보기로 한 것이었다.

그것은 바로 허장성세!

한빈이 초식을 떠올리자 바로 전광석화가 사라지고 대신 허장성세가 자리 잡았다.

순간 한빈이 외쳤다.

"갈!"

그 목소리에 모두가 움직임을 멈췄다.

산서삼살을 포함한 모두가 눈도 깜빡이지 않았다.

잔혈마도도 마찬가지였다.

잠깐의 순간이었지만, 한빈의 일갈은 잔혈마도의 몸을 옥죄어 왔다.

잔혈마도의 현재 경지는 화경 중 일 경.

지금 한빈의 외침은 화경 중 삼 경 이상의 공력을 담고 있었다.

그 차이는 일류와 초절정의 차이만큼이나 컸다.

잔혈마도는 움찔하며 지금 자리를 피해야 하나 아니면 상황을 더 지켜봐야 하나 망설였다.

물론 이것은 찰나의 순간이었다.

옥죄어 오던 한빈의 기세가 씻은 듯 사라졌기 때문이었다.

순간 이상한 소리가 들렸다.

서걱!

동시에 옆구리가 뜨끔했다.

잔혈마도는 이를 악물고 자신의 옆구리를 살폈다.

호신강기 덕분에 상처는 깊지 않지만, 분명 당한 것이다.

지금의 이상한 기세는 자신의 착각이라 생각했다.

그 착각 때문에 두 번이나 상처를 입었다고 생각하니 미칠 것만 같았다.

하지만 분노의 감정을 느끼는 것도 잠시, 잔혈마도 임길태는 혈맥을 찍어 피의 흐름을 막았다.

픽!

내공으로 막기에는 낭비라 생각한 것이다.

잔혈마도가 매서운 눈으로 고개를 돌렸다.

그곳에는 잔혈마도를 썰고 지나간 한빈이 거리를 벌리고 허공을 보고 있었다.

상대에게는 관심도 없다는 듯 허공을 바라보는 것은 분명히 자신을 기만하는 것이라 잔혈마도는 생각했다.

감정을 추스른 잔혈마도 임길태가 말했다.

"자기는 죽이기에는 아깝네. 사로잡아서 죽는 날까지 갖고 놀아야겠어."

"……."

하지만, 한빈은 대꾸도 하지 않았다.

당연하지만, 인급 초식 하나가 완성되어 가고 있기 때문이었다.

[흩어진 용린검법의 구결 중 하나의 초식을 완성했습니다. 초식이 활성화됩니다.]

[인급(人級) 초식 자승자박(自繩自縛)을 획득하셨습니다.]

[자승자박(自繩自縛) - 용린검법의 초식 중 이화접목의 수법에 해당합니다. 상대의 힘으로 상대를 누르는 수법이야말로 고수의 길로 접어드는

초입의 초식이라 할 수 있습니다. 자승자박을 시전하면 상대는 자신이 펼친 공력의 오 할을 돌려받게 됩니다. 단, 상대가 시전자의 경지보다 높을 때에는 이 할을 돌려받습니다. 지속 시간 한 시진. 필요 공력 오 년.]

　한빈은 진한 미소를 피워 내며 슬금슬금 뒷걸음쳤다.
　하지만, 잔혈마도는 파혈도를 세우며 미간을 좁혔다.
　그러거나 말거나 한빈은 속으로 구결십팔보를 운용하기 시작했다.
　더는 대결을 지속할 필요가 없어진 것이었다.
　잔혈마도에게 더는 구결이 보이지 않았다.
　전생에 마교와 싸웠다고 현생에서 싸우란 법은 없으니.
　정마 대전이 일어나는 것은 십 년도 훨씬 지나서였다.
　사실 잔혈마도가 중원에 온 것도 이해가 안 가는 상황이었다.
　지금 마교는 봉문을 선언한 상태.
　정, 사, 마가 모두 칼을 숨기고 있는 상황이었다.
　그런데 마교의 이십대 고수 중 하나인 잔혈마도가 나타나 청명환을 노린다고?
　한빈도 이 상황이 정리되지 않았다.
　어찌 됐든 한빈이 원하는 것은 구결 수집 하나였다.
　현 상황에서 마교와 척을 져 봐야 원수를 하나 더 늘리는 일이었다.

여기서 자신의 신분이 밝혀진다면?

마교의 주적이 하북팽가가 될 수도 있을 일.

정마 대전을 앞당길 일도.

그 전쟁의 선두에 설 일도 만들어서는 안 되었다.

한빈은 재빨리 자리에서 사라졌다.

사사삭.

풀 밟는 소리와 함께 한빈이 사라지자 잔혈마도가 주변을 둘러봤다.

그의 눈에 들어온 것은 넋을 놓고 있는 사파의 무리였다.

멍하니 있던 그들의 어깨가 가늘게 떨리기 시작했다.

"대협이 도망간 거야?"

"지금 한 수를 보여 줬잖아. 왜 잔혈마도의 숨통을 끊지 않고 간 거지?"

사파의 무리는 웅성대기 시작했다.

한빈이 자리에서 사라지자 죽어도 좋다는 결심도 봄날 눈 녹듯 사라졌다.

그때였다.

두리번거리던 잔혈마도도 소리 없이 자리에서 사라졌다.

그때 누군가가 외쳤다.

"대협은 도망친 게 아니오!"

"그럼 왜 없어졌는데?"

"우리를 위해 자리를 피한 것이오. 절세신공이라는 것이 아무 곳에서나 쓰면 주변까지 휘말려 들게 할 수 있는 것 아니겠소? 대협은 우리를 위해 잔혈마도를 유인한 것이오."

그의 말에 웅성거리던 목소리가 멈췄다.

그러고는 서로를 바라봤다.

복면을 쓴 채 서로를 바라보던 사파 무사들.

그중 하나가 복면을 벗었다.

그 모습에 모두가 고개를 갸웃하자 그가 외쳤다.

"나는 청명환 같은 건 필요 없소! 대협이 펼치는 절세신공에 말려들더라도 마지막 대결을 보겠소. 이 복면을 벗어 던지고 자랑스러운 사파의 일원으로 말이오."

무사는 손에 든 복면을 팽개쳤다.

그게 시작이었다.

모든 사파 무사들이 복면을 벗어 던지기 시작한 것이다.

그곳에는 여인도 있었다.

여자 무사들의 눈빛에는 조금 더 깊은 선망의 뜻이 담겨있었다.

그때였다.

누군가가 산서삼살을 바라봤다.

"빙혈서생!"

"왜 그러시오?"

빙혈서생이 답하자 사내가 물었다.

"아까 보니 대협의 신분에 대해 아는 것 같던데, 대체 저분은 누구십니까?"

"흠."

빙혈서생은 관자놀이를 툭툭 쳤다.

하북팽가의 사 공자라고 하면 저들은 자신의 말을 믿을까?

그리고 정체를 밝혔을 때 산서삼살에게 돌아올 후환은 없을까?

여러 고민 속에 빙혈서생은 조용히 고개를 내저었다.

그때 잔혈마도와 한빈이 사라진 방향을 보던 여자 무사가 말했다.

"이름이 뭐가 중요하겠어요. 저는 저분을 적룡대협이라 부르겠어요."

"적룡대협?"

"맞아요."

그가 고개를 끄덕이자 다른 여자 무사가 맞장구쳤다.

"적룡대협이라, 어울리네요. 적룡대협이라면 삼백 년 전 사파를 구원하신 분 아닌가요?"

"저 대협이야말로 그분의 이름을 물려받을 자격이 있어요. 붉은 피를 호신강기 삼아 두르는 저분이야말로 사파의 구세주인, 이번 세대의 적룡대협이에요. 저는 그분께 충성을 바칠 각오가 되어 있어요."

그 말을 마지막으로 그들은 눈빛을 교환했다.

그러고는 병장기로 바닥을 찍기 시작했다.

쿵, 쿵.

그에 맞춰 너 나 할 것 없이 외쳤다.

"적룡대협 만세!"

"만세!"

만세는 황제에게나 붙이는 구호였지만, 사파 무사들에게는 상관없었다.

한껏 감상에 젖었던 사파 여인 중 하나가 천천히 앞으로 걸어 나왔다.

그와 안면이 있는 무사가 물었다.

"무슨 일이오?"

"가요. 내가 추적술에는 자신이 있어요. 잔혈마도와 적룡대협의 흔적을 찾아 그들의 대결을 봐요. 나는 죽어도 좋아요. 그 대결을 꼭 볼 거예요."

"옳소!"

다른 무사도 맞장구쳤다.

그 말을 마지막으로 사파 무사들은 산길을 달리기 시작했다.

그들의 머릿속에는 청명환이라는 보물은 이제 존재하지 않았다.

산서삼살은 지금 무슨 일이 일어났는지 모르겠다는 듯 멍하니 사라진 무사들의 모습을 바라봤다.

편육랑아가 말했다.

"그 악마를 적룡대협이라 부른다는 것입니까?"

"쉿!"

빙혈서생이 검지를 들어 편육랑아의 입술에 갖다 댔다.

그 모습에 흑의살풍이 말했다.

"우리는 모른 척하는 것이 좋겠다."

"네, 맞습니다. 우리는 이 일에서 빠지는 것이 좋다고 생각합니다."

빙혈서생이 맞장구치자 흑의살풍이 손가락으로 서쪽을 가리켰다.

"이제 집으로 돌아가자."

"저는 고향으로 돌아가겠습니다."

빙혈서생은 북쪽을 가리켰다.

"고향이라면 혹시⋯⋯."

"네, 북해로 돌아가겠습니다. 이번 일을 겪다 보니 제가 너무 많은 것을 버리고 왔다는 느낌입니다. 고향으로 돌아가 마무리를 짓고 오겠습니다."

"험, 나는 같이 못 갈 텐데, 괜찮겠나?"

"네, 괜찮습니다."

"미안하네, 내가 추위를 많이 타서⋯⋯."

말끝을 흐리는 흑의살풍을 보는 빙혈서생의 눈이 촉촉해졌다.

흑의살풍은 따라가기 싫은 것이 아니라 자리를 피해 주는 것임을 그도 아는 것이었다.

빙혈서생이 먼저 발걸음을 옮겼다.

그가 옮긴 첫발은 유난히 무거워 보였다.

그렇게 산서삼살은 그날 이후 산서이살이 되었다.

이제 남은 흑의살풍과 편육랑아는 고개를 돌려 한빈과 잔혈마도가 사라진 곳을 바라봤다.

"셋째야, 나는 그들의 마지막 대결을 보고 싶구나."

"형님, 몰래 따라가 보죠."

둘은 집이 아닌 한빈과 잔혈마도가 한판을 겨룰 결전의 장소를 향해 발걸음을 옮겼다.

한편 한빈은 그들의 예상과는 달리 잔혈마도를 겨우 따돌리고 자신의 상태를 살피고 있었다.

이제 남은 공력은 본신에 있는 내공까지 합쳐서 이십삼 년 정도가 남아 있었다.

본신의 내공 삼십 년에 용린검법 기본편의 공력 십 년.

그중 십칠 년의 공력을 소모한 것이다.

구걸십팔보를 극성까지 펼치는 바람에 속의 구결은 동이 난 지 오래였고 말이다.

한빈이 지금 있는 곳은 산자락의 끝이었다.

산자락 끝은 낭떠러지로 그 아래에는 강물이 흐르고 있었다.

한빈이 이곳에 온 것은 만일을 대비해서였다.

만약 잔혈마도가 나타난다면 저 강물로 뛰어내릴 심산이었다.

그 이유는 마교인들 대부분이 물에 약하기 때문이었다.

마교가 위치한 천산 산맥은 산세가 험하기로 유명하다.

하지만, 물이 귀하기도 하다.

강물이 흐르긴 하지만, 그 깊이가 팔 척을 넘어가지 않는 곳이 대부분이다.

그때였다.

뒤쪽에서 기척이 느껴졌다.

진한 혈향을 피워 내는 것으로 봐서 잔혈마도가 분명했다.

역시 화경의 고수는 대단했다.

만약 쾌검난마라는 초식이 없었다면?

한빈은 그와 일초지적도 되지 않았을 것이었다.

한빈은 씩 웃으며 수풀을 바라봤다.

"잔혈마도, 어서 나오시지."

그 말에 잔혈마도가 천천히 걸어왔다.

"얼마 못 갔네? 난 또 자기가 멀리 도망간 줄 알았지."

그의 장난에도 한빈은 미소를 잃지 않았다.

이제는 잔혈마도에게 정보를 캘 때였다.

만일 역사가 바뀌었다면 나름대로 대책을 준비해야 할 터이니 말이다.

이것은 하남정가에서 벌일 계획만큼이나 중요했다.

한참 동안 미소를 피워 내던 한빈이 드디어 입을 열었다.

"마교는 봉문 중 아닌가?"

"네가 어떻게 알았니?"

"그것도 비밀이야. 그런데, 넌 왜 하남까지 온 거지? 천산에서 하남이면 하루 이틀 거리도 아닌데?"

"흠, 뭐 곧 죽을 거니까. 가르쳐 주지."

"그래, 말해 봐."

"마교에서 키우던 늑대 두 마리가 도망가서 말이야. 우리 소교주한테 바칠 내단을 품고 도망갔지 뭐니."

그의 말에 한빈의 머릿속에 떠오르는 마수 하나가 있었다.

그것은 바로 천산혈랑이었다.

천산에 산다고 알려진 천산혈랑이 마교에서 키우던 마수?

그리고 자라나면 그 마수에게서 내단을 취한다?

그런데, 한 가지 걸리는 점은 두 마리라는 것이었다.

한빈이 씩 웃으며 답했다.

"내가 한 마리의 행방은 아는데……."

"네가 안다고?"

"한 마리는 황실에서 가져갔어. 그러고 보니 한 마리인지 두 마리인지 정확하지는 않지만 말이야."

여기까지는 수소문하면 알 수 있는 사실이었다.

게다가 묘하게 정보를 비틀었다. 이것은 적과의 대화에서 중요한 수단이었다.

사실에 거짓을 섞어 적을 교란하는 것은 강호 생활에 있어 필수였다.

"흠."

잔혈마도가 당황했는지 헛기침했다.

무림 문파가 아니라 황실이라면 얘기가 달라진다.

황실이야 관과 무림은 별개라고 하며 무림에 자치권을 주었지만, 황실과 적대시하면 상황은 달라진다.

한빈의 일격에 당했을 때도 보이지 않던 모습이었다.

한빈은 대충 감을 잡았다.

만약에 지난번에 천산혈랑을 잡지 못했다면, 그 후 잔혈마도가 와서 그 마수를 잡았을 것이었다.

그러니 절호곡에는 천산혈랑의 흔적이 남지 않을 수밖에 없었고 말이다.

아무래도 마교의 역사에 영향을 준 것 같은 느낌이었다.

뭐, 그래도 상관은 없었다.

마교가 봉문을 풀기 전까지는 시간이 많이 남았으니 말이다.

그때 잔혈마도의 눈빛이 달라졌다.

이전과는 묘한 시선으로 한빈을 쏘아보는 잔혈마도.

한빈이 말했다.

"그 눈빛 부담스럽네."

"너, 마교도 맞지?"

"무슨 말이야?"

"마교도가 아니고서야 역혈신공을 익힐 수는 없는 일이지."

"역혈신공이라고?"

한빈이 눈을 가늘게 떴다.

역혈신공이라면 진기를 거꾸로 돌려 단시간에 공력을 폭발시키는 마교 고유의 무공 중 하나였다.

그것도 교주의 직속부대만 익힐 수 있다는 수법.

아무래도 아까 한빈이 시전한 허장성세의 효과 때문에 오해한 것 같았다.

그때였다.

잔혈마도가 파혈도를 앞으로 세워 한빈을 겨냥했다.

"왜 그렇게 모른 척하니? 직속부대 중 한 놈이 중원으로 도망쳤다고 하더니 그게 너구나."

"……."

한빈은 아무 말도 못 하고 입을 턱 벌렸다.

어떻게 이런 오해를 할 수 있는지 잔혈마도의 머릿속을 들여다보고 싶은 심정이었다.

뭐, 하북팽가의 사 공자라 까발려지는 것보다야 나았다.

그때였다.

한빈의 눈에 구결을 나타내는 점 하나가 더 들어왔다.

새로 생긴 건지 아니면 원래 있었는데 한빈이 못 본건지는 몰라도 구결을 보고 도망칠 한빈이 아니었다.

게다가 상대는 화경의 고수.

인급 구결이 나올 확률이 높았다.

한빈의 계획은 간단했다.

다시 한번 맞붙고 불리하면 강으로 뛰어든다는 것이 그의 생각이었다.

원래 계획에서 한 번 더 싸운다는 점만 달라진 것.

한빈이 검을 뽑았다.

스르릉.

월아가 중천에 뜬 태양 빛을 받자 예기를 발했다.

"드루와, 이 계집애 같은 놈아!"

한빈의 도발에 잔혈마도가 다시 달려들었다.

챙!

첫 번째 합에서 한빈은 눈을 가늘게 떴다.

잔혈마도의 공격이 눈에 띄게 느려진 것이었다.

한빈은 자신도 모르게 입꼬리를 올렸다.

잔혈마도도 자신의 몸 상태가 이상하다는 것을 알고 있었다.

하지만, 그저 공력을 너무 소모했기 때문이라고만 생각하며 한빈을 향해 달려들었다.

챙, 챙!

한빈은 전광석화 대신 새로 얻은 인급 초식인 자승자박을 선택했다.

전광석화로 인해 아무리 빨리 검을 쓴다고 해도 잔혈마도를 베지 못하면 모두 무용지물이었다.

잔혈마도의 검이 느려진 만큼 그의 공격을 이용해 타격을 주자는 것이 한빈의 생각이었다.

자승자박의 초식을 쓰자 이제는 남은 공력은?

"십팔 년만 남았군."

한빈이 낮게 읊조리자 잔혈마도의 눈썹이 꿈틀댔다.

"넌 나에게 모욕감을 줬어! 감히 십팔 년이라니!"

오해한 잔혈마도가 거세게 달려들었다.

챙!

한빈의 검과 파혈도가 부딪치자 잔혈마도가 미간을 좁혔다.

자신이 보냈던 공력 중 일부가 다시 돌아오는 것을 느낀 것이다.

잔혈마도가 뒤로 재빨리 물러나더니 외쳤다.

"이화접목?"

"맞아, 이화접목. 꼭 누구 애인 이름 같지?"

누가 봐도 놀리는 듯한 상황이었다.

"오늘 네놈의 목을 가져가야 직성이 풀릴 것 같네."

잔혈마도가 웃음을 지웠다.

동시에 날아드는 그의 파혈도.

한빈은 방어에 신경 쓰지 않고 그의 가슴을 향해 월아를 날렸다.

슉!

그때였다.

잔혈마도의 파혈도가 묘한 움직임으로 월아를 감쌌다.

마치 구렁이가 똬리를 트는 것 같은 움직임이었다.

그것은 그의 성명절기인 금검일도.

검을 부수는 데 특화된 수법이었다.

한빈도 검에 변화를 주었다.

스륵!

잔혈마도의 파혈도가 커다란 구렁이라면 한빈의 월아는 날렵한 독사가 되어 그의 품 안으로 파고들었다.

그 모습에 잔혈마도가 뒤쪽으로 재빨리 물러났다.

금검일도의 파훼법은 의외로 단순했다.

무식하게 달려들면 파훼할 수 있었다.

그러나 화경의 고수 앞에서 무식하게 달려들 무인이 누가 있을까?

금검일도가 한빈에 의해 파훼되자 잔혈마도의 눈빛이 살짝 흔들렸다.

화경의 고수가 동요를 보인 것이다.

한빈은 그때를 놓치지 않고 파고들었다.

파파박!

한빈의 검이 쉴 틈 없이 잔혈마도의 요혈을 노렸다.

물론 구결만을 노린 것은 아니었다.

한빈은 고의로 구결을 나타내는 점이 일렁이는 왼쪽 가슴을 노리지 않았다.

만약 그곳만을 노린다면 잔혈마도도 방어하기가 쉬울 터.

그런 쉬운 길을 한빈이 터 줄 리는 없었다.

챙! 챙!

산자락에 울려 퍼지는 그들의 병장기 소리 때문인지 사파 무인들도 한빈을 쉽게 찾을 수 있었다.

앞장서서 흔적을 따라 한빈을 쫓던 여인이 멈췄다.

"저쪽에 있어요. 우린 대협의 검에 방해되지 않게 여기에서 지켜봐요."

"네, 그럽시다."

다른 사파 무인이 고개를 끄덕였다.

그들에게는 한빈과 잔혈마도의 대결은 성스럽게 보이기까지 했다.

그들이 적룡대협이라 부르는 한빈은 사파 무인들을 위해 낭떠러지 근처에서 쉬지 않고 검을 휘두르고 있었다.

화경의 고수인 잔혈마도와 맞서서 말이다.

챙!

합이 거듭될수록 한빈의 입꼬리를 조금씩 올라갔다.

자승자박의 수법으로 잔혈마도 임길태는 내상이 쌓여 가고 있었다.

거기에 더해 모종의 이유로 몸 상태도 안 좋아지고 있었다.

파혈도를 휘두르던 임길태가 공격을 멈췄다.

탁!

뒤로 물러선 그가 물었다.

"너, 나한테 무슨 짓을 한 거니?"

"내가 너한테 무슨 짓을 해? 나는 아무것도 한 게 없는데……."

"분명 이건 독이야. 검 끝에 독을 바르다니 비겁한 놈. 너는 이제 우리 자기도 아니야. 그냥 썩을 놈이지."

"마음대로 생각해."

한빈은 씩 웃었다.

오해하든 말든 자신이 얻을 것만 얻으면 된다고 생각하는 한빈이었다.

물론 월아에 독을 바른 적은 없었다.

그렇다면 왜 잔혈마도가 중독되었다고 확언하는 것일까?

이유는 의외로 간단했다.

잔혈마도는 스스로 독을 복용했다.

그것도 한 알이 아니었다.

한빈이 보는 자리에서 먹은 것만 두 알이었다.

그 두 알이 바로 가짜 청명환이었다.

한빈은 가짜 청명환을 만들며 거기에 좋다는 영초를 넣었다. 하지만, 안쪽에는 백독문의 제자인 장자명만이 해독할 수 있는 골치 아픈 독도 넣은 것이다.

그것도 모두 다른 종류로 말이다.

장자명이 걱정하던 것이 바로 이 부분이었다.

가짜 청명환은 탈취당하기 위해 만든 것이 분명했다.

그것이 강호에 풀린다면 과연 어떤 현상이 벌어질까?

물론 한빈은 이 결과까지 예측하고 있었다.

자신이 청명환을 훔쳤다고 밝힐 수 있는 사람이 몇이나 있겠는가.

아마 장자명 외에 이 독을 해독할 수 있는 곳이 있다면 백독곡에 있는 백독문이나 사천에 있는 당가일 것이다.

그때였다. 잔혈마도의 눈이 시뻘게졌다.

순간 한빈이 외쳤다.

"이 미친놈아, 누가 아무거나 주워 먹으래!"

한빈의 외침에도 잔혈마도의 눈은 점점 붉어졌다.

한빈이 보기에 잔혈마도는 역혈신공을 운용하는 것이 분명했다.

평상시에 운용해도 반년 이상은 누워 있어야 한다고 전해지는 부작용이 있는 것이 마교의 역혈신공이었다.

그런데 지금 중독된 상태에서 운용한다면?

아마 일각도 안 되어 죽을 것이 분명했다.

잔혈마도가 죽는 것은 한빈과 관계없었지만, 문제는 그가 죽으면 구결도 사라질 수 있다는 것이었다.

그렇다고 역혈신공으로 강해진 그에게 달려든다라?

이제 한빈이 선택해야 할 때였다.

한빈의 선택은?

선획득 후수습이었다.

한빈은 재빨리 잔혈마도의 품으로 파고들었다.

그리고 성동격서의 초식을 운용했다.

확률은 이 할.

이 할의 도박이 적중한다면 한빈의 승리였다.

파고드는 한빈의 검을 파혈도의 홈이 낚아채려 덤볐다.

그때였다. 한빈의 검이 잔상을 남기며 사라졌다.

한빈의 검이 다시 나타난 곳은 잔혈마도의 왼쪽 가슴 한 치 앞이었다.

푹!

한빈의 검이 잔혈마도의 왼쪽 가슴에 박혔다.

그 모습을 멀리서 지켜보던 사파 무사들이 환호성을 질렀다.

"적룡대협이 이겼다!"

"사파가 마교를 이겼어!"

"적룡대협 만세!"

하지만, 잔혈마도는 파혈도를 놓지 않았다.

역혈신공이 만들어 낸 공력 때문일까?

생기를 잃지 않은 잔혈마도는 그의 파혈도를 한빈의 옆구리에 찔러 넣었다.

사파 무인들의 함성이 비명으로 바뀌었다.

사파 무인 중 여자 무사가 소리 질렀다.

"앗! 어떻게 해?"

"빨리 가서 적룡대협을 구해요!"

다른 여자 무사가 외쳤다.

그들이 달려가고 있을 때 한빈의 눈앞에는 구결이 떠오르고 있었다.

[용안(龍眼)으로 초식을 확인합니다.]

[인급(人級) 구결 살(殺)을 획득하셨습니다.]

[인급(人級) - 살(殺)]

구결을 확인한 한빈이 자신의 옆구리를 바라봤다.

그곳에는 파혈도가 깊숙이 박혀 있었다.

한빈이 말했다.

"빼!"

잔혈마도가 비릿한 웃음을 지으며 답했다.

"네가 먼저 빼!"

둘은 그렇게 서로의 가슴과 옆구리에 애병을 박아 넣은 채기 싸움을 펼쳤다.

한빈은 지금 상황이 진퇴양난임을 깨달았다.

저 멀리서 자신의 싸움을 지켜보는 사파 무인들의 기척은 깨달은 지 오래였다.

지금은 적룡대협이니 사파의 구세주니 하며 추켜세우지만, 하북팽가의 사 공자라는 게 밝혀지는 순간 그들은 돌아설 것이 분명했다.

그 뒤에 산서삼살까지 있으니 밝혀지는 것은 시간문제였다.

문제는 지금의 상처였다.

지금의 상처를 치료하자면 기사회생을 써야 하는데 그러기에는 공력이 부족했다.

그때 한빈의 눈에 잔혈마도가 목에 걸고 있는 목걸이가 보였다.

얼핏 보면 보통 목걸이 같아도 저것은 영단을 넣고 있는 목걸이가 분명했다.

마교의 영단이라?

사실 찝찝할 것도 없었다.

용린도 마교에서 탈취한 것이니 말이다.

한빈은 검을 움켜잡은 그대로 왼손을 뻗어 그의 목걸이를 낚아챘다.

잔혈마도는 놀란 듯 발버둥 쳤지만, 한빈의 동작이 더 빨랐다.

이제는 역혈신공의 효과도 줄어드는지 점점 약해지고 있는 잔혈마도였다.

그때 사파 무인들도 점점 가까이 다가왔다.

여자 무사가 안타까움에 비명을 질렀다.

"적룡대협께서 우리를 위해서 동귀어진을……!"

여자 무사는 말을 맺지 못했다.

한빈과 잔혈마도가 서로의 몸에 병기를 꽂은 채 낭떠러지에서 미끄러진 것이다.

❧

한빈은 허공에서 떨어지고 있었다.

한빈은 먼저 잔혈마도에게 빼앗은 목걸이를 삼켰다.

쌉싸름한 향기가 목울대를 타고 넘어갔다.

그것은 분명히 천산에서 나는 백년설삼을 말려 만든 영약이 분명했다.

'마교의 영약으로 목숨을 건질 줄이야.'

슝!

그 순간에도 한빈과 잔혈마도는 강물을 향해 떨어지고 있었다.

이제 감각도 의식도 희미해졌다.

앞을 바라보니 잔혈마도도 눈을 감고 있다.

의식을 잃은 것이다.

한빈은 그와 허공에서 회전하며 떨어지고 있었다.

주변의 경치가 휙 지나가고 있다.

한빈은 재빨리 두 발을 잔혈마도의 가슴에 밀착했다.

그리고 젖 먹던 힘을 다해 다리를 뻗었다.

슥!

잔혈마도에게 박혀 있던 월아가 뽑혀 나왔다.

잔혈마도가 박아 넣은 파혈도도 살 찢어지는 소리를 내며 뽑혀 나왔다.

뿌득!

한빈은 자신에게 남은 내공을 확인했다.

아직 바닥까지 한참 남았는데에도 오 년이란 내공이 영단으로 더해졌다.

운공도 안 했는데 오 년의 내공이 들어왔다?

어찌 보면 아쉬운 일이었다.

복용 후 운공만 제대로 했다면 그 이상의 효과를 얻었을 것 같았다.

이제 남은 내공은 다시 십팔 년.

한빈은 재빨리 용린검법의 인급 초식 중 '기사회생'을 떠올렸다.

동시에 흐려졌던 의식이 점점 돌아왔다.

아마 감각이 돌아오는 것 같았다.

한빈은 용린검법의 신비함을 다시 한번 깨달았다.

이 용린검법의 끝은 검의 끝 혹은 무학의 끝과 연결되어 있을 것이었다.

용린검법에 대해 여러 가지 생각이 스쳐 지나갔지만, 지금은 생존이 먼저였다.

한빈은 재빨리 바닥을 바라봤다.

푸른 강물이 점점 눈앞에 가까워졌다.

첨벙!

물속에 들어간 한빈이 잠시 뒤 수면으로 나왔다.

한빈은 주변을 둘러봤다.

한쪽은 절벽.

한쪽은 강가까지의 거리가 너무 멀었다.

체력이라도 남아 있으면 모르겠지만, 지금은 무리였다.

한마디로 진퇴양난.

잔혈마도의 손아귀에서 벗어났지만, 이제 곧 물고기 밥이 될 신세였다.

남은 내공은 삼 년이지만, 그것으로 할 수 있는 것은 아무 것도 없었다.

기사회생이 죽을 고비에서 꺼내 준 것은 맞다. 하지만, 그 효용은 십 할이 아닌 구 할.

아직도 상처는 남아 있다는 뜻이었다.

한빈은 쉴 새 없이 발길질하며 물 위에 떠 앞을 바라봤다.

그때 멀리 나룻배 하나가 보였다.

이제 모험을 걸어야 했다.

한빈은 온 힘을 다해 나룻배를 향해 헤엄쳤다.

나룻배에 거의 다가갔을 때였다.

나룻배 위에서 누군가 외쳤다.

"거기서 대체 뭐 하나?"

고개를 들어 보니 죽립을 쓴 사내가 노를 젓고 있다.

뱃사공이 분명했다.

한빈은 물살과 싸우며 나룻배로 다가갔다.

이제 뱃사공이 젓는 노가 코앞이었다.

한빈은 노를 잡기 위해 손을 내밀었다.

휙, 휙.

'뭐지?'

한빈이 눈매를 좁혔다.

노가 갈지자로 움직이며 한빈의 손아귀를 피해 갔다.

한빈은 이마에 팔자 주름을 새기며 외쳤다.

"사공! 지금 뭐 하는 거요?"

뱃사공이 죽립을 벗었다.

뱃사공은 산발이 된 채 하얀 이를 드러내며 웃었다.

그는 다시 노를 움직였다.

자세히 보니 허리에 표주박과 매듭을 달고 있었다.

저게 가짜가 아니라면 개방 방도라는 이야기였다.

뱃사공이 놀리듯 말했다.

"얼마 줄 건데? 배에 오르려면 뱃삯부터 줘야지."

이건 한마디로 미친 거지였다.

'물에 빠져 허우적대는데 돈부터 달라고?'

한빈은 속으로 혀를 찼다.

미친 거지는 그렇게 한빈을 놀리면서 계속 노를 저었다.

이건 한번 해보자는 얘기였다.

한빈은 살아야겠다는 생각보다 괜히 오기가 났다.

동시에 본능대로 움직였다.

노를 잡으려 허우적거리지 않고 그 움직임에 주시했다.

어쩐지 눈에 익은 선이었다.

가만히 보니 그것은 봉법의 투로.

"타구봉법?"

한빈의 외침에 미친 거지가 노를 멈칫했다.

그 순간을 놓치지 않고 한빈은 노를 잡았다.

미친 거지가 깜짝 놀라 노를 놨다.

노가 쑥 내려왔다.

한빈은 그 틈을 타서 더욱 노의 위쪽에 매달렸다.

노가 더 내려왔다.

급하게 노의 끝을 잡은 미친 거지가 소리쳤다.

"이 썩을 놈아! 노를 놔야 건져 주든지 말든지 할 거 아니냐?"

그 외침에 한빈이 씩 웃었다.

이미 한빈의 몸은 물 밖으로 반쯤 나와 있었다.

한빈은 매미처럼 노에 달라붙은 채 외쳤다.

"먼저 노값부터 줘!"

타구봉법을 쓰는 미친 거지가 한빈을 뿌리치지 못할 리 없겠지만, 그 정도 힘을 쓰게 되면 노도 부러지기 마련이었다.

노를 온전히 회수하려면 한빈을 먼저 떼 놓아야 했다.

한빈의 말에 놀란 미친 거지는 화들짝 놀라 외쳤다.

"이 썩을 놈이 뭐래?"

"귀가 먹었나? 노 가지고 싶으면 돈 내놔!"

한빈이 계속 맞받아치자 미친 거지가 노를 마구 흔들며 소리를 질렀다.

"이런 미친놈이……."

한빈은 이를 악물었다.

잔혈마도에게 입은 상처 중 구 할은 회복되었지만, 아직 내공을 쓸 처지는 아니었다.

그때 저 멀리서 시원한 물소리가 들려왔다.

쏴아악!

속이 뻥 뚫리는 듯한 시원한 소리에 미친 거지가 고개를 돌렸다.

그 모습에 한빈이 싱긋 웃으며 말했다.

"이봐! 폭포 처음 봐?"

배는 폭포 쪽으로 빠르게 떠내려가고 있었다.

거지가 한빈과 폭포를 번갈아 봤다.

배는 여전히 폭포 쪽으로 흘러가고 있다.

다급해진 미친 거지가 외쳤다.

"이 썩을 놈아! 빨리 올라오라고!"

"노값부터 줘! 안 그러면 못 내줘!"

한빈이 다시 외치자 미친 거지가 살벌한 표정으로 노려봤다.

"이 썩을 놈이!"

그것도 잠시 폭포가 만들어 낸 수평선과 한빈을 번갈아 보던 미친 거지의 동공에는 지진이 일어났다.

그러고는 할 수 없다는 듯 고개를 휘휘 저었다.

"이 죽일 놈아, 노값 줄 테니 어서 올라오지 못해?"

한빈은 눈매를 좁혔다.

"약속하는 거지?"

한빈은 다시 한번 약속을 확인했다.

미친 거지가 손을 내밀었다.

"뭐든지 줄 테니 올라오라고 이 썩을 놈!"

한빈은 그제야 노를 놓고 배에 올랐다.

힐끔 바닥을 보니 매듭이 하나 떨어져 있었다.

아마도 한빈과 실랑이를 하다가 노에 걸려 떨어진 것 같았다.

한빈은 그 매듭을 품속에 넣었다.

미친 거지가 죽을 듯 살 듯 노를 저었다.

노가 제법 큰 포말을 일으켰다. 타구봉법을 극성까지 펼친 듯 보였다.

한빈은 배 위에서 대자로 뻗었다.

폭포에서 어느 정도 멀어지자 거지가 고개를 돌리고 물었다.

"대체 정체가 무엇이냐?"

"물에 빠진 사람!"

"휴."

"보따리 내놓으라는 얘기는 안 할 테니 걱정하지 말고."

한빈이 씩 웃자 거지의 인상이 일그러졌다.

"헛소리 말고 정체가 뭐냐니까? 이 쥐방울만 한 놈아!"

"쥐방울?"

한빈이 기분 나쁜 듯 바라보자 미친 거지가 다시 받아쳤다.

"그럼 네가 쥐방울 아니고 뭐냐? 이 머리에 피도 안 마른 놈이 미쳐도 단단히 미쳐서!"

"뭐, 젊게 봐 주니 고맙고."

한빈이 일어나 각 잡힌 포권을 했다.

순간 배가 출렁하고 흔들렸다.

미친 거지가 다시 소리쳤다.

"이 썩을 놈아! 자리에 앉아! 왜 나를 못 잡아먹어서 안달이야!"

그의 외침에 한빈은 자리에 앉았다.

"어, 미안! 내가 좀 흥분했지?"

"이 썩을 놈이 이제 좀 정신 차리네."

거지가 다시 혀를 차자 한빈이 씩 웃으며 말을 이었다.

"노값으로 밥이나 줘. 고기반찬이면 더 좋고."

이것은 한빈의 진심이었다.

한빈은 미치도록 배가 고팠다.

이것은 구걸에 대한 갈망이 아니고 진짜 배가 고픈 것이었다.

거기에 더해 한빈은 거지의 도움이 절대적으로 필요했다.

신분이 밝혀진다면 사파가 따라올 것이 분명할 터.

제법 고수로 보이는 이 거지가 도와준다면 이 위기를 넘기는 것도 쉬울 것이었다.

물론 하루만 도움을 받으면 된다.

그 뒤로는 기본편의 구결이 모두 회복될 테니 말이다.

싱긋 웃는 한빈을 본 거지가 불만 섞인 목소리를 토해 냈다.

"이 빌어먹을 놈이, 배를 뒤집으려 해 놓고 나한테 밥까지 얻어먹으려고 해?"

하지만 한빈은 여유 있게 답했다.

"당연히 먹을 건 먹어야지."

한빈의 말에 거지가 깜짝 놀라 외쳤다.

"아니, 거지한테 밥을 얻어먹겠다고?"

"나는 거지보다도 못하거든."

"거지보다 못한 놈이 어디 있냐?"

"땅거지!"

한빈이 아무렇지 않게 입꼬리를 올리자 미친 거지가 손을 내저었다.

"오늘 재수 옴 붙었네."

한편, 사파 무사들은 낭떠러지를 향해 달려갔다.

낭떠러지 앞에 선 사파 여자 무사가 발길을 멈췄다.

"이게 무슨……."

그녀는 앞에 벌어진 참담한 상황에 입을 다물지 못했다.

강물 위에는 아무것도 없었다.

가파른 절벽에 중간중간 나와 있는 암초 때문에 아래가 정확히 보이지도 않았다.

저기에서 떨어진다면 살아날 사람은 아무도 없었다.

"제발!"

여자 무사가 주먹을 꽉 쥐고 적룡대협이 무사하기를 빌었
다.

그때였다.

누군가 그녀의 어깨를 잡았다.

고개를 돌려 보니 그곳에는 흑의살풍이 고개를 흔들고 있
었다.

흑의살풍은 만감이 교차하는 얼굴로 그녀를 바라봤다.

그가 보기에도 한빈은 사파를 위해 죽은 것이 분명했다.

하북팽가의 사 공자가 왜 사파를 위해?

이것은 영영 의문으로 남을 일이었다.

고개를 돌린 흑의살풍은 편육랑아에게 눈짓했다.

적룡대협의 신분에 대해 절대 발설하지 말라는 신호였다.

그의 신분이 밝혀진다면 정파에서는 하북팽가의 오명으로
남는 동시에 사파에서는 의문의 눈초리로 하북팽가를 주시
할 것이 분명했다.

흑의살풍에게 하북팽가 사 공자라는 신분은 이제 의미가
없었다.

그의 가슴속에는 오직 적룡대협이란 네 글자만 남아 있을
뿐이었다.

그때 여자 무사가 눈을 빛내며 말했다.

"다 같이 추적해 봐요. 적룡대협이 살아 있다면 저희의 도움을 간절히 바라고 있을지도 몰라요. 그분이 우리에게 구원의 손길이 되어 주신 것처럼 저희도 마지막까지 포기하면 안 돼요."

그녀의 말에 사파 무사들이 병장기를 높이 치켜올리며 외쳤다.

"다 같이 찾자!"

"적룡대협을 위해!"

그 울림이 얼마나 우렁찬지 나룻배에 있는 한빈마저도 들을 수 있을 정도였다.

물론 한빈이 듣기에는 추격의 의지를 다지는 소리처럼 들렸다.

꽃

해가 서쪽으로 넘어간 그날 저녁.

한빈의 앞에는 잘 손질된 토끼가 모닥불 위에서 지글지글 소리를 내고 있다.

저 소리는 중원 제일의 기루에서 울리는 칠현금 소리보다도 더 감미롭게 들렸다.

결론직으로 거지는 약속을 지켰다.

열심히 토끼를 굽던 거지가 한빈에게 물었다.

"이 썩을 놈아, 솔직히 말해 봐라!"

"뭐를 솔직히 말하라는 거야?"

"너 정말 아까 폭포에서 같이 떨어지려고 한 거냐?"

"당연하지, 너 같으면 그 상황에서 노를 놓겠어?"

둘의 기세 싸움은 식사 자리에까지 이어졌다.

거지가 한빈을 빤히 쳐다보다가 어이가 없다는 듯 입을 열었다.

"네 특기가 무슨 동귀어진이라도 된다는 말이냐?"

"허! 그걸 어떻게 알았어?"

한빈이 혀를 찼다.

자신은 전생에 동귀어진한 몸이었다.

뭐, 조금 전에도 잔혈마도 임길태와 함께 동귀어진 한 몸이고 말이다.

물론 거지가 맞힌 것은 우연이겠지만, 맞힌 것은 사실이었다.

한빈이 감탄하자 거지의 눈이 더 커졌다.

놀람도 잠시 이제는 포기했다는 듯 손을 휘휘 저은 거지가 다 익은 토끼구이를 내밀었다.

"에이, 미친놈! 이거나 먹어라."

"잘 먹을게."

토끼구이를 받아 들고 막 입에 넣으려 할 때였다.

거지가 타구봉을 잡았다.

그러고는 다짜고짜 한빈의 머리를 노리고 찔렀다.

휙.

정확히 미간을 향해 날아오는 타구봉.

한빈은 본능적으로 반걸음 물러나며 상체를 뒤로 젖혔다.

한빈은 눈매를 좁혔다.

'어라?'

타구봉이 멈췄다.

허초라는 이야기였다.

휙!

동시에 타구봉의 방향이 바뀌었다.

거지는 손쉽게 한빈의 토끼구이를 낚아챘다.

갑작스러운 상황에 한빈은 멍한 눈으로 허전한 자신의 꼬치를 바라봤다.

거지가 껄껄 웃었다.

"약속은 지켰다."

"이게 약속을 지키는 거라고?"

"밥 달라고 해서 줬다."

"이거 어이없네."

"딱 거기까지다. 난 밥상을 지켜 주겠다고는 안 했다. 아니 꼬우면 실력으로 다시 뺏어 보든가. 내가 내공은 안 쓰도록 하지."

거지는 사정을 봐주겠다는 듯 사람 좋은 얼굴로 손짓했다.

한빈이 다시 입꼬리를 올렸다.

배고파 죽을 것 같아도 승부가 시작되니 기운이 돌았다.

역시 인생은 승부와 도박의 연속이라는 옛 성현의 말씀이 딱 들어맞았다.

한빈은 아무 말 없이 거지를 바라보다가 기습적으로 꼬챙이를 찔렀다.

그 공격에 거지가 타구봉을 올렸다.

좌로, 우로.

뒤쪽으로.

거지의 타구봉은 눈에 보이지 않을 정도로 빠르게 움직였다.

마치 어른이 강아지를 가지고 노는 모양새였다.

'강아지?'

한빈은 속으로 헛숨을 들이켰다.

타구봉의 움직임은 분명 복구유희(伏狗遊戲)였다.

복날 개를 잡아먹기 전에 데리고 놀아야 살이 연해진다는 말에서 나온 초식이었다.

이렇게 상대를 가지고 놀다가 손봐 주겠다는 의미.

즉 이대로라면 한빈이 복날 개처럼 털릴 수도 있다는 얘기다.

한빈은 눈매를 좁혔다.

상대방의 도발에 응할 건지, 적당히 뒤로 빠질 것인지.

그때 한빈은 일렁이는 점을 보았다.

그것은 거지가 채어 간 토끼 고기에서였다.

한빈은 거지와 자신의 경지를 가늠해 보았다.

이 거지는 초절정 중급.

평소라면 자신의 상대는 아니었다.

그러나 여기서 움직인다면 상처가 벌어질 수도 있었다.

'이런 몸으로 토끼 고기를 뺏을 수 있을까?'

의문도 잠시, 한빈은 입맛을 다셨다.

토끼 고기가 아닌 구결을 향해서 보이는 열망이었다.

꼬챙이를 검 삼은 한빈은 팔을 뻗으며 거지에게 짓쳐 들었다.

'전광석화!'

'일촉즉발!'

순간 한빈이 발목을 방아깨비처럼 튕겼다.

남은 공력을 다 쏟아부은 것이다.

이젠 본신의 내공도 없었다.

'악!'

옆구리 쪽 상처에서 고통이 밀려왔다.

하지만, 한빈은 신경 쓰지 않고 초식을 쓰기 위해 보법을 펼쳤다.

무엇보다 승부가 먼저였다.

묘하게도 사람이 아닌 토끼구이에서 구결이 보였기 때문이
다.

한빈은 한 가지 사실을 더해야 했다.

사람만이 아니라 그 사람의 정성이 들어간 물건에서도 구
결을 확인할 수 있다는 사실을 말이다.

타닥.

갑작스러운 한빈의 동작에 거지는 재빨리 오른쪽으로 돌
았다.

거기에 맞춰 한빈은 손목을 틀었다.

횐!

거지가 토끼 고기를 뒤쪽으로 다급히 숨겼다.

한빈은 동작을 멈추지 않았다.

고기와 거지의 동작에 집중했다.

지금 몸이라면 토끼 고기를 뺏는 것은 무리였다.

상대가 자신의 앞에 토끼 고기를 바치도록 해야 했다.

검의 끝과 몸이 하나가 된 듯, 한빈은 몸을 화살처럼 날렸
다.

일촉즉발(一觸卽發)의 수법.

물론 용린검법의 일촉즉발을 사용할 내공은 남아 있지 않
았다.

하나 계속 같은 초식을 사용하다 보니 초식을 흉내 낼 수
있게 된 것이었다.

물론 그 효용은 본래 일촉즉발을 따라갈 수는 없었다.

한빈은 상대의 목을 꿰뚫을 기세로 찔러 들어갔다.

꼬챙이의 앞에 희미한 검기가 일렁였다.

마치 몸이 화살촉이 된 것 같았다.

망설임 없이 최단 거리로 들어가는 꼬챙이는 순간 파공성을 냈다.

팡.

순수히 근력만으로 낸 속도였다.

거지가 급히 한 발 뒤로 물러났지만, 한빈은 간격을 점점 좁혀 갔다.

두 뼘, 한 뼘.

드디어 닿았다.

푹.

꼬챙이가 박혔다.

동시에 거지가 외쳤다.

"이 썩을 놈이 거지 죽이려고 덤벼드네!"

꼬챙이가 뚫은 것은 거지의 목이 아니었다.

꼬챙이는 정확히 토끼구이의 중앙에 박혔다.

거지는 끝까지 몰리자 급하게 토끼구이를 방패 삼아 막았다.

물론 한빈의 꼬챙이가 토끼구이를 낚아채기까지는 몇 번의 변화가 있었다.

거지는 지금 자신이 어떤 수에 당했는지 몰라 눈을 크게 뜨고 있었다.

한빈은 그러거나 말거나 재빨리 토끼구이를 자신 쪽으로 가져왔다.

"너, 내 목숨 노렸지!"

거지가 앙칼지게 외쳤다.

한빈은 아무렇지도 않게 답했다.

반은 맞고 반은 틀렸다.

초식이 실패했다면 목숨까지는 아니어도 거지의 몸 한 곳은 뚫렸을 것이었다.

초식의 목표는 토끼 고기.

결론적으로 한빈의 공격은 성공했다.

한빈은 거지의 말에는 대꾸도 하지 않고 앞을 바라봤다.

[용안(龍眼)으로 초식을 확인합니다.]

[……보충 설명이 가능합니다.]

한빈은 고개를 끄덕였다.

동시에 획이 흩어지면서 글귀가 나타났다.

[기본편의 구결을 보충하는 방법은 시간뿐이 아닙니다. 기본편의 구결이 모두 소진되었다면, 처음 습득할 때 방식으로 구결을 다시 획득할

수 있습니다.]

한빈은 눈을 가늘게 떴다.

즉 열두 시진이 지나지 않아도 구결을 회복할 수 있다는 말이었다.

어찌 보면 약점을 보충할 방법을 알게 된 것이었다.

한 단계 더 도약할 발판을 마련했다고 생각하니 웃음이 절로 나왔다.

한빈이 허공을 바라보며 웃자 거지가 더 발끈했다.

"왜 웃기만 해! 너 나 죽이려고 한 거지?"

"난 분명히 토끼 고기를 노렸어. 잘못해서 네 얼굴에 맞을 수도 있었지만……."

"아니야, 분명 내 목을 노렸어. 이건 내 감이야."

"……."

한빈은 거지의 말에는 답하지 않고 토끼구이를 한 입 베어 물었다.

고기를 목구멍으로 넘긴 한빈이 입을 벌렸다.

"와!"

탄성이 절로 나오는 맛이었다.

겉은 바삭하고 속은 부드러운 것이, 보통 솜씨가 아니었다.

한빈이 씩 웃자 거지가 외쳤다.

"사람 죽이려고 해 놓고 밥이 넘어가냐?"

"일단 밥부터 먹자!"

한빈은 토끼 고기를 마저 뜯었다.

한 마리를 다 해치운 한빈이 꼬치를 하나 더 들자 거지가 못 참겠다는 듯 자리에서 일어났다.

"왜 대답을 안 하냐? 마지막에 내 목을 노린 것 맞지?"

자신이 죽을 뻔한 것보다 칼끝이 뭘 노렸냐가 궁금한 걸 보면 미친 게 맞았다.

한빈은 꼬치를 들어 보이며 말했다.

"일단 마저 먹고. 너는 안 먹냐? 혹시 술이라도 있으면 내 놔 보고."

한빈은 거지의 허리에 달린 술병을 가리켰다.

거지는 절대 줄 수 없다는 듯 술병을 뒤로 숨겼다.

"절대 안 돼."

"속이 느끼해서 말이 잘 안 나온다."

"크흠, 제기랄."

헛기침한 거지가 호리병을 내밀었다.

한빈은 아무렇지도 않게 뚜껑을 열어 입술을 적셨다.

전생 같았으면 몇 병을 들이부어도 괜찮겠지만, 지금 몸 상태로는 얼마 못 견딘다는 것을 알았다.

입술만 축였는데도 제법 뜨거운 기운이 목젖을 타고 식도로 흘러내려 갔다.

"캬! 좋다."

한빈은 낮게 탄성을 지른 뒤 호리병을 거지에게 건넸다.

한 모금 들이켠 거지가 눈매를 좁혔다.

"이젠 말해 봐라."

"별거 없다. 너 따라 했다."

"따라 했다고?"

"네가 처음에 허초를 써서 고기 뺏어 갔잖아. 나도 허초다."

물론 허초의 수법은 달랐다.

거지가 눈매를 좁혔다.

그런데 그 눈빛이 초식에 대한 호기심 이상인 것 같았다.

한참을 바라보던 거지가 술을 한 모금 들이켜더니 입을 열었다.

"나는 개방의 광개라고 한다. 너는?"

거지가 술이 든 호리병을 건넸다.

순간 한빈은 먹던 고기를 뱉을 뻔했다.

전생에 친분이 있는 놈이었다.

미칠 광(狂)에 빌어먹을 개(丐)가 합쳐진 별호였다.

간단히 말해 미친 거지라는 뜻이었다.

강호인 중 미친놈을 뽑으라면 가장 먼저 거론되는 것이 개방의 광개였다.

미친 듯 싸움을 좋아하는 세 명의 사내.

강호인들은 그들을 가리켜 무림삼광(武林三狂)이라고 불렀다.

　　그 삼광 중에는 산동악가의 악비광도 속한다.

　　삼광에 속하는 이들에게는 특징이 있다.

　　싸움을 좋아하는 것에 더해 미치도록 좋아하는 것이 한 가지씩 더 있다는 것이었다.

　　광개의 경우에는 돈이었다.

　　그에 대해 어찌 이렇게 소상히 아는가 묻는다면?

　　전생에 한빈과 광개는 친구였기 때문이다.

　　어린 얼굴 때문에 처음에는 못 알아봤지만, 그가 이름을 밝히니 그와의 기억이 떠올랐다.

　　상념에 잠긴 한빈을 본 광개가 말했다.

　　"뭐 하냐? 가는 게 있으면 오는 게 있어야 할 것 아니야?"

　　광개의 재촉에 한빈이 아무렇지도 않게 말했다.

　　"나는 팽한빈."

　　광개가 고개를 갸웃했다.

　　"혹시 하북팽가?"

　　한빈이 어깨를 으쓱하며 말을 이었다.

　　"그런데 왜?"

　　"하북팽가에서 검을 쓴다고? ……그 검으로 나를 꺾고?"

　　광개의 말뜻을 아는 한빈이 살짝 웃었다.

　　하북팽가의 핏줄이 검술을 익힌다고 하면 대개 이런 반응이 나오기 마련이었다.

그런데 광개가 이런 말을 할 처지는 아니었다.

한빈은 짧게 답했다.

"네가 그런 말 할 처지는 아닐 텐데."

"흠."

광개가 헛기침을 하며 고개를 돌렸다.

찔리는 게 있는 것이다.

우습게도 거지이지만, 누구보다 돈을 밝히는 거지였다.

그것도 잠시 광개가 쓱 상체를 기울였다.

"하북팽가면 부잣집이네."

본색은 바로 드러났다.

광개가 눈을 가늘게 뜨자 한빈이 손을 내저었다.

"나중에 말해 줄 테니 술 한 잔 더 줘라."

한빈이 손을 내밀자 광개가 호리병을 건넸다.

입 속에 술 한 모금을 털어 넣었다.

알싸한 느낌이 이십 년의 체증을 씻어 내는 느낌이었다.

한빈과 광개는 말없이 호리병을 주고받았다.

모닥불을 앞에 두고 잠시 어색한 침묵이 맴돌았다.

그때 광개가 뭔가 생각났다는 듯 손뼉을 쳤다.

짝.

적막을 깨는 소리에 한빈이 물었다.

"왜 그래?"

"그런데 대체 왜 넌 강 가운데서 헤엄치고 있었냐?"

광개가 화제를 돌리자 한빈은 준비한 이야기를 이었다.

"쫓기다가 강에 빠졌다."

말을 마친 한빈은 광개를 보며 눈을 가늘게 떴다.

한빈은 주판알을 튕기는 중이었다.

한빈이 계획을 짜는 동안 광개가 놀란 표정으로 물었다.

"대체 무슨 짓을 했기에 쫓기는 건가?"

"큰 사고는 아니야……."

한빈은 말끝을 흐리며 토끼 고기를 마저 베어 물었다.

꼬치를 탁 내려놓자 광개가 눈을 빛냈다.

"혹시라도 무슨 일 있으면 나한테 얘기해!"

"왜 같이 싸우게?"

"심심하잖아."

그 말에 한빈은 멍하니 광개를 바라봤다.

자리에서 일어난 한빈이 황당하다는 듯 물었다.

"적이 누군지 알고?"

"누군지는 모르겠지만, 너처럼 돈 많은 사람한테 개겼다는
건 나쁜 놈 아니냐?"

"풋."

너무도 직설적인 말에 한빈이 술을 뿜었다.

"왜 그래?"

"네 말이 맞다. 나쁜 놈은 맞지."

"그래, 나쁜 놈들은 족쳐야 해! 심심한데 잘됐네."

광개의 단언에 한빈이 씩 웃었다.

돈을 좋아하고 싸움은 더 좋아하는 거지.

녀석은 미친 거지가 맞았다.

그때 광개가 물었다.

"그런데, 너 어디 다쳤냐? 혹시 주화입마?"

"궁금해?"

"뭐, 됐다. 싸움만 잘하면 되지 뭐. 대충 보니 일류? 그건 그렇고 네가 쓴 초식은 대체 뭐냐?"

광개의 호기심은 끝이 없었다. 이제는 관심이 초식까지 이어졌다.

아마 처음 보는 무공일 것이었다.

한빈이 아무 표정 없이 말했다.

"막싸움!"

광개는 한 모금 들이켠 술을 토해 냈다.

"푸읍."

광개가 뿜은 술이 밤하늘을 수놓았다.

한빈이 재빨리 피하며 외쳤다.

"아, 물어봐 놓고 왜 그래?"

"……."

사레가 들렸는지 광개는 말을 잇지 못했다.

한참을 컥컥대던 광개가 눈을 가늘게 뜨고 산자락을 바라보았다. 그가 고개를 돌리며 말했다.

"잠시만 기다려라."

"왜 그래?"

"멀리서 기척이 느껴진다."

동시에 광개가 눈을 감고 귀를 움찔거렸다. 그러고는 산자락의 한 곳을 가리켰다.

한빈은 상황을 짐작할 수 있었다.

저들은 사파 무인들일 것이었다.

지금쯤이면 산서삼살이 모든 사실을 토해 냈을 테고, 흥분한 사파 무인들이 자신을 잡기 위해 혈안이 되어 있을 것이다.

한빈이 모른 척 물었다.

"저기서 기척이 느껴진다고?"

"산짐승들의 움직임으로 봐서 이쪽으로 오는 것 같아."

광개의 말이 끝나기 무섭게 한빈은 잽싸게 모닥불을 껐다.

광개는 흐뭇한 표정으로 말했다.

"보기에는 허당에 강호 초출 같은데 경험은 제법 있는 모양이군."

그가 눈매를 좁히자 한빈이 해맑게 웃으며 답했다.

"본능이다. 그런데 부탁할 게 있다."

"뭔데? 빨리 말해."

"혹시라도 사람들과 마주치게 되면 나에 관해서는 얘기하지 마라."

"알았다. 다녀와서 얘기하지."

광개가 고개를 끄덕였다.

말을 마친 광개는 풀 밟는 소리와 함께 눈앞에서 사라졌다.

사사삭.

지금 광개가 펼친 무공은 한빈이 비급에 넣어 둔 구걸십팔보(求乞十八步)였다.

본래는 사결제자 이상에게만 전수된다는 무공이었다.

하지만, 광개는 재능을 인정받아 특별히 이십 대에 익힌 경신술일 것이었다.

뭐, 한빈은 홍칠개의 특별 제자이니 개방 방도가 아니라도 배울 수 있었고 말이다.

한빈은 그의 뒷모습을 보며 눈을 빛냈다.

한빈은 광개가 사라진 방향을 조용히 바라봤다.

차 한 잔 마실 시간이 지났을 때였다.

산등성이에 불빛이 보이기 시작했다.

기척으로 판단하기에는 먼 거리였지만, 역시 광개의 말이 맞았다.

광개의 오감에는 산새들의 움직임과 소리가 잡힌 것 같았다.

산등성이의 불빛은 하나둘 늘어나더니 마치 지네 다리처

럼 구불거리며 꼬리를 보였다.

역시 자신의 예상대로 움직이고 있었다.

지금 저들에게 잡힌다면?

그럴 수는 없었다.

맞닥뜨려도 그것은 열두 시진이 지난 후, 혹은 기본편의 구결을 회복한 다음이어야 했다.

상대의 패를 봤으니 이제부터는 수 싸움을 해야 했다.

역시 인생은 도박의 연속이라는 성현의 말씀이 맞다는 것을 한빈은 다시 한번 깨달았다.

영단산에서의 결전은 한빈에게 쾌감을 주었다.

연속된 짜릿한 느낌에 한빈은 자신도 모르게 입꼬리를 올렸다.

사사삭.

떠날 때와 마찬가지로 풀잎 밟는 소리만 내며 한빈 앞에 가볍게 멈춘 광개가 다급히 말했다.

"대체 너……."

광개가 머뭇거리자 한빈이 물었다.

"왜 그래?"

"너 대체 사파와 무슨 일을 벌인 거야?"

다급한 광개의 표정에 한빈은 손을 내저었다.

"별일 아니야."

"그런데 백 명이 넘는 사파 무사들이 저렇게 헉헉대면서

쫓는다고?"

"무림 공적이나 뭐 그런 거 아니니 걱정하지 마."

한빈의 말에 광개가 웃었다.

"하하하, 역시 내 눈은 틀리지 않았어. 확실히 미친놈이 맞네. 화끈하게 사고 쳤구나. 원래 일을 저지르려면 최대한 크게……."

광개는 흥분한 듯 침까지 튀겼다.

그 모습에 한빈이 재빨리 말렸다.

"쉿! 그만."

"알았어."

"그리고 너! 약속 하나만 하자."

"뭔데?"

광개가 호기심에 눈을 빛내자 한빈이 속삭이듯 말했다.

"일단 절대 발설 안 하겠다는 약속부터 하고."

"약속할게."

말을 마친 광개가 입을 오므리며 침을 모으는 듯한 시늉을 했다.

한빈은 재빨리 광개의 입을 막았다.

"개방식으로 말고."

광개는 재빨리 침을 삼키고 답했다.

"알았다."

여기서 말한 개방식 약속은 서로의 이마에 침을 뱉는 것이었다.

서로의 말을 머릿속 깊이 새긴다는 의미였다.

전생에서는 그 약속 의식 때문에 광개의 목에 검 끝을 겨눴던 기억이 있었다.

광개는 아직도 아쉬운 표정이었다.

한빈은 재빨리 입을 열었다.

"나 한빈은 광개와 함께."

"나 광개는 한빈과 함께."

광개도 받아쳤다.

그리고 둘이 동시에 다음 말을 이었다.

"세상 끝까지 비밀을 지킬 것을 천지신명께 맹세합니다."

말을 마친 한빈이 씩 웃었다.

"그래, 지금부터 하는 얘기는 동업자로서 하는 얘기니 잘 들어."

"동업자라고?"

광개의 눈이 커졌다.

한빈이 씩 웃었다.

동업자라는 단어는 금전이 오간다는 것을 뜻했다.

한빈이 말을 이었다.

"끝까지 듣고 질문해. 그러니까……."

한빈은 영단산에서 일어난 일에 대해 간략하게 설명했다.

물론 독이니 구결이니 하는 숨어 있는 이야기들은 밝히지 않았다.

다 듣고 난 광개가 눈을 크게 떴다.

"그러니까, 네가 마교의 잔혈마도와 한판 벌였다는 거야?"

"그래."

"그리고 그 잔혈마도는 화경의 고수였다."

"뭐, 대충."

"더해서 사파 전체를 엿 먹였고 말이지?"

"그것도 대충 맞지."

"하하하!"

광개는 주변이 떠나갈 듯이 웃었다.

정말 말도 안 되는 상황이었다.

지금 한빈의 말을 다른 이가 들었다 해도 믿을 수는 없을 것이다.

천지신명께 맹세한 사이라고는 하지만, 광개도 한빈의 말을 믿을 수 없기는 마찬가지였다.

"그러니까 이 모든 게 하북팽가의 대표로 청명환을 운송하며 생긴 일이라는 거지? ……게다가 마교라?"

"음, 뭐. 중요한 건 사파 무사들에게 내가 죽었다고 전하는 거야."

"그건 내 전문이지. 그런데 보수는……."

광개가 말끝을 흐리자 한빈이 품에서 한철 궤를 꺼냈다.

한철 궤를 본 광개가 눈을 살짝 떨었다.

"헉, 네 말이 사실이었어?"

"이건 이번 표행의 책임자가 나라는 증거. 소문의 대가로 은전 열 냥. 어때?"

"어쩐지 처음 볼 때부터 인상이 남다르다 했더니……."

광개가 한빈을 다시 살펴봤다.

그 모습에 한빈은 헛웃음을 지었다. 노 가지고 장난하던 게 다섯 시진 전이었다.

그런데 저런 거짓말을 눈도 깜빡이지 않고 하다니.

하지만, 녀석은 믿을 만했다.

돈이라면 죽는 척이라도 할 놈이었고, 친구를 위해서라면 목숨을 바칠 놈이었다.

물론 현생에는 친구가 아닌 동업자로 만족하는 것이 좋았다.

"그럼 사파 놈들 앞에서 하북팽가의 사 공자가 죽었다고 선포하면 되는 거네."

"사 공자라고 하지 말고 적룡대협이라고 해."

"적룡대협이라? 지금의 네 모습치고는 너무 거창한데."

"마음대로 생각하고. 맡겨도 되는 건가?"

"그럼, 당연하지. 내가 하남의 거지들을 다 동원해서라도 철저히 소문낼 테니 걱정하지 말고."

"그럴 짬밥은 되고?"

한빈이 피식 웃었다.

광개가 하남 분타주이긴 해도 비슷한 지위에서는 나이에서 밀릴 게 뻔했다.

"뭐, 나는 하루에 다섯 끼를 먹으니 짬밥에서는 ……."

광개가 말도 안 되는 변명을 하려 하자 한빈이 바로 끊었다.

"됐어."

"그럼 넌 어떻게 빠져나가려고?"

"조용히 지켜보다가 덤비면 그냥 멱을 따 버려야지."

한빈이 계획을 늘어놓자 광개가 헤실헤실 웃다가 진지한 표정으로 입을 열었다.

"혹시나 해서 하는 말인데 너 사파 아니냐?"

"사파? 내가 어딜 봐서 사파냐?"

"생각하는 게 정파 같지는 않아서. 거기에 아까 처음 만났을 때도 그렇고 마교 같기도 하고……."

광개의 말에 한빈은 헛기침했다.

싸우면 싸울수록 닮는다고 하지 않던가.

마교와 그렇게 싸웠으니 닮을 수도 있다 생각했다.

상념을 털어 낸 한빈이 광개의 어깨를 톡톡 쳤다.

"일단 자리부터 피하자."

"그래, 알았다."

한 시진 정도 움직이며 둘은 쉴 틈 없이 말을 이었다.

그러던 중 갈림길이 나왔다.
길을 힐끔 바라보던 한빈이 말했다.
"잘됐다. 여기 갈림길이 있다."
양쪽 길을 가리키자 광개가 눈매를 좁혔다.

사소한 오해

"그런데 갈림길이 왜?"

광개가 묻자 한빈이 씩 웃으며 답했다.

"우리 여기서 헤어지자."

"왜 그래?"

"여기가 흩어지기에 제일 좋은 장소 같다."

"그럼 돈은 어디서 받아야 하는데?"

광개의 표정은 심각했다.

그 모습에 한빈이 고개를 끄덕이며 답했다.

"며칠 뒤에 하남정가로 와."

"그때 없으면?"

"만약에 내가 도착하지 않았다고 하면 거기서 기다리고,

내가 떠났다고 하면 하북팽가로 찾아오면 된다. 하북팽가로 찾아오면 여비까지 챙겨 주지."

"고맙다, 친구!"

광개는 한빈에게 허리를 숙이며 포권했다.

누가 봐도 친구가 아닌 고객을 대하는 자세.

한빈이 겨우 웃음을 참았다.

한빈은 재빨리 잎사귀가 무성한 나뭇가지를 하나 뜯어내 발자국을 털며 흔적을 없앴다.

그 모습을 본 광개가 혀를 찼다.

"하는 짓을 보면 늙은 생강 느낌이 펄펄 나는데."

한빈은 해맑게 웃으며 답했다.

"잘 부탁해."

"그래, 나중에 보자."

동시에 귓가에 바람 소리가 들렸다.

사사삭.

고개를 들자 광개는 적당한 흔적을 남기고 사라졌다.

광개와의 약속과는 달리 한빈은 반대쪽 갈림길로 가지 않았다.

사파의 수색대라면 그리 만만히 볼 존재가 아니었다.

흔적이 없다고 해도 인원 중 일부는 다른 방향으로 보낼 것이 분명했다.

한빈은 기척을 숨기고 수풀 속으로 숨었다.

멀리 있던 횃불이 점점 가까워졌다.

예상대로 대규모의 병력이었다.

그들의 병기는 다양했다.

어떤 이는 검을.

어떤 이는 도를.

어떤 이는 창을 들고 있었다.

모두의 어깨에는 사도련 소속임을 나타내는 뱀 무늬가 선명했다.

그 모습을 지켜보던 한빈은 혀를 찼다.

자신을 잡겠다고 복면도 벗어 던지고 하나로 뭉친 것이 분명했다.

갈림길이 나오자 그들은 발길을 멈췄다.

몇몇이 모이는 것으로 봐서, 조장급이 추격 경로에 관해 상의하는 모양이다.

추격 경로에 관해 결정이 났는지 병력 대부분은 광개가 사라진 방향으로 이동했다.

물론 사분지 일은 예상대로 다른 길로 흔적을 추적했다.

잠시 후.

그들이 모두 사라지자, 한빈은 샛길로 산을 거슬러 올라갔다.

한빈이 최대한 기척을 숨기고 샛길로 걷고 있을 때였다.

빠득.

누군가 나뭇가지 밟는 소리가 들렸다.

이어서 개 짖는 소리도 들렸다.

컹컹.

그 소리는 적막한 숲을 깨웠다.

잠들었던 새들도 날아올랐다.

한빈은 재빨리 기척을 숨겼다.

같은 시각, 광개는 사파의 무리와 마주쳤다.

가장 앞서서 흔적을 찾던 여자 무사가 한 걸음 앞으로 나
왔다.

"우리는 사도련 소속으로 누군가를 찾고 있습니다. 흔적이
보여 찾아왔는데 댁이 있군요."

"나는 개방의 광개라 하오."

"저는 백사문의 진세미예요. 개방의 광개라면 혹시 하남
분타주 아니신가요?"

"그렇소, 하남의 분타주 광개가 바로 나요!"

광개는 엄지를 들어 자신의 가슴팍을 찍어 가며 자신 있게

답했다.

"지금 그게 중요한 게 아니고 왜 흔적을 남기신 거죠?"

"내가 흔적을 남기든 안 남기든 그게 중요하오?"

"물론 중요하지는 않죠. 그런데 저희가 찾는 인물이 중요한 인물이라서 그러죠."

"혹시 붉은 옷을 입은 인물이요?"

"헉."

진세미의 표정이 묘하게 바뀌었다.

밝아졌다가 어두워졌다가를 반복하는 그녀의 얼굴에 광개를 고개를 갸웃하며 물었다.

"혹시 그자와 무슨 관계요?"

"아무 관계도 아니에요."

"표정이 아무 관계도 아닌 게 아닌데……."

광개가 말끝을 흐리자 진세미가 앞으로 나왔다.

"그분의 차림새를 아는 것을 보니, 본 것이 분명하군요. 저희 사파와 척질 생각이 없으시다면 솔직히 말씀해 주세요."

"봤긴 봤소."

"그럼 어디로 갔는지 말씀해 주세요."

진세미는 정중하게 다시 포권했다.

그 모습에 광개는 의아함을 느꼈다.

한빈의 말을 들어 보면 원수지간이 분명한데, 이들이 한빈을 칭하는 것이 공손하기 그지없었다.

사파의 무인들이 정파의 인물을 보고 그분이라 칭하는 사람은 각 파의 장문인밖에 없었기 때문이다.

혼란스러워진 광개는 관자놀이를 지그시 눌렀다.

그 모습에 진세미가 다급하게 물었다.

"그분은 어찌 된 거죠? 제발 말씀해 주세요, 광개 소협."

이제는 소협이란 호칭까지 나왔다.

그때 광개는 번뜩 정신이 들었다. 상대가 사파라는 사실을 잠시 망각하고 있었던 것이다.

멀쩡한 사람 코를 베어 가는 게 사파가 아니던가?

광개는 한빈과의 약속을 떠올리고 미리 정한 이야기를 풀어놓기로 결심했다.

"내가 그 사람을 본 것은 경탄강을 지나가면서입니다."

"경탄강이라고요?"

진세미가 눈을 크게 떴다.

암초에 걸리지 않았다면 강물에 빠졌을 테고 그 강이 바로 경탄강이었다.

그렇다면 광개의 말은 사실일 가능성이 컸다.

진세미가 침을 꿀꺽 삼킬 때 광개가 말을 이었다.

"그때 허우적대는 사람을 보았고. 그 사내가 분명 붉은 옷을 입고 있었소."

"어떻게 됐나요? 구해 주신 거죠?"

"아니오. 내가 노를 저어 갔을 때는 이미 폭포 밑으로 떨어진 후였소. 나도 폭포 때문에 더는 접근하지 못했소. 아시다시피 경탄강 하류의 폭포는 꽤 높지 않소. 그곳에서 떨어졌으면…….”

광개는 말을 아꼈다.

순간 진세미가 털썩 주저앉았다.

그러고는 하늘을 보며 외쳤다.

“적룡대협!”

그 모습에 광개의 눈이 커졌다.

‘팽한빈, 너는 분명히 원수라 하지 않았더냐? 그런데 저게 원수의 표정이더냐? 제길, 여자를 꼬셔 놓고 튄 건 아니겠지? 이런 스벌, 세상은 불공평하구나. 불공평해!’

광개가 속으로 욕설을 늘어놓을 때였다.

뒤쪽에 있는 사파 무사들이 갑자기 한쪽 무릎을 꿇기 시작했다.

털썩! 털썩!

한밤중에 똑같은 동작을 취하는 그들의 모습은 경건해 보였다.

문제는 그들이 사파인이라는 점이었다.

광개는 그것이 위협으로 느껴졌다.

“대체 왜들 이러는 것입니까?”

광개의 질문에는 대답하지 않고 사파인들이 병장기를 치켜들며 하늘을 향해 외쳤다.

"적룡대협!"

"적룡대협! 아니 됩니다!"

광개는 또 한 번 한숨을 삼켜야 했다.

저것은 사도련주를 향해서도 행하지 않는 예였다.

'팽한빈, 네 정체는 과연 무엇이더냐?'

이쯤 되자 광개의 머릿속에 한 가지 불안감이 떠올랐다.

그것은 돈이라도 제대로 받을 수 있을까 하는 점이었다.

확실치도 않은 신분에, 사파인에게 추앙받는 자가 어찌 하북팽가의 사 공자라 할 수 있단 말인가?

"아!"

이번에는 광개가 긴 탄성을 흘렸다.

하지만, 그의 탄성은 사파 무인들의 탄성에 이내 묻혔다.

"아! 적룡대협!"

그때 진세미가 자리에서 일어나 모두에게 외쳤다.

"화경의 고수를 물리친 적룡대협입니다! 분명 살아 계실 겁니다. 폭포 아래를 수색하죠."

"네, 그래요!"

뒤쪽에 있던 여자 무사가 다급하게 맞장구쳤다.

그 뒤로 사파 무인들은 눈 깜짝할 사이에 사라졌다.

광개는 고개를 갸웃했다.

마지막에 들었던 화경의 고수라는 말이 뇌리에 남았기 때문이었다.

광개가 낮게 읊조렸다.

"설마……."

이것이 사실이라면 강호를 발칵 뒤집어 놓을 일이었다.

하지만, 천지신명 앞에서 발설하지 않겠다고 맹세까지 했었다.

정보로 치자면 황금 한 냥은 족히 넘을 정보를 어떻게 한단 말이냐?

광개의 한숨은 깊어졌다.

하지만, 광개는 바로 고개를 흔들었다.

팽한빈과 적룡대협이 동일인이라고 하기에는 무리가 있다고 판단해서였다.

광개는 재빨리 내공을 운용했다.

구걸십팔보를 펼치며 그 자리에서 사라졌다.

한빈을 찾기로 결심한 것이다.

만약 못 찾는다면 최대한 빨리 하남정가로 가 보기로 했다.

이것은 돈에 대한 욕심보다 한발 더 앞서는 무인으로서의 호기심이었다.

※

네 시진 후 한빈은 눈을 빛내며 사냥에 열중하고 있었다.

뭐, 특별한 일은 아니었다.

낮에 하던 구결 수집을 지금 하는 중인 것이다.

[용안으로 구결을 확인합니다.]

[용린검법의 기본편 중 속(速)을 획득하셨습니다.]

[……]

[용린검법의 기본편 중 공(功)을 획득하셨습니다.]

[……]

보충 설명에서 나온 그대로였다.

구결이 비어 있을 때에는 지금처럼 구결을 취할 수가 있었다.

물론 기본편 구결이 다 차면 더는 구결을 습득하지 못하는 것은 전과 같았다.

한빈은 이곳을 벗어날 구결을 모두 습득한 상태였다.

땀을 흘린 결과 기본편 중 속(速)은 한계까지 채운 상태였다.

더는 무리를 할 필요가 없었다.

한빈은 전광석화와 구결십팔보를 운용했다.

이제는 하남정가를 향해 가야 할 때였다.

사사삭.

풀 밟는 소리만 남기고 사라지는 한빈의 입가에는 호선이 새겨졌다.

그 웃음은 진심이었다.

과거로 돌아온 후 보게 될 경극 중 가장 기대되는 장면이 나올 차례였으니 말이다.

❦

같은 시각 하남정가 가주의 처소.

터벅터벅.

묵직한 발소리가 가주의 처소 앞에 울리다 멈췄다.

가장 앞에는 정휘지와 그의 수하가 눈을 빛내고 있었다.

자신의 아비인 가주 정무룡이 잠들어 있는 처소를 바라보던 정휘지는 고개를 돌렸다.

그곳에는 네 명의 무사가 각을 잡고 서 있었다.

시선이 마주치자 그중 여인이 앞으로 나왔다.

물론 여인은 심미호였다.

"저희가 맡을 일이 이곳을 호위하는 일인가요?"

"그렇다. 나는 너희 해남사우를 믿는다."

해남사우는 심미호가 급조한 신분으로, 소대섭, 조호, 장삼을 포함해서 네 명이었다.

심미호가 포권하며 말했다.

"네, 맡겨만 주세요. 그런데……."

말끝을 흐리는 심미호의 모습에 정휘지가 눈썹을 꿈틀대며 물었다.

　"왜 그러느냐?"

　"호위의 대상이 하남정가의 가주라고는 안 하시지 않았습니까?"

　"그래서 싫다는 것이냐?"

　"가주님을 호위할 정도면 목숨을 걸어야 하는 일. 제가 받은 돈으로는 조금 부족하다고 생각합니다."

　심미호의 말에 정휘지의 수하가 재빨리 나섰다.

　"허허, 정식 무사로 채용되는 것으로 부족하다는 말이더냐?"

　"정식 무사도 좋지만, 저희 낭인들은 하루 벌어서 하루 먹고 사는 것에 익숙해져 있지요. 제 의동생들에게 당장의 보상을 보여 주고 싶습니다."

　"얼마를 원하는 것이냐?"

　"그야 알아서……."

　심미호는 말끝을 흐리며 정휘지의 안색을 살폈다.

　그리 기분 나쁜 눈빛은 아니었다.

　정휘지가 입가에 희미한 미소를 지었다.

　해남사우가 낭인이라 확신한 것이었다.

　정휘지가 이곳을 낭인에게 맡기는 이유는 간단했다.

　자신의 명령에 절대적인 사냥개를 원하기 때문이었다.

하남정가의 무사를 이곳에 세워 놓는다면 절대 안심할 수 없었다.

물론 해남사우라는 사냥개는 사냥이 끝난 후 삶아 먹을 것 이었다.

어차피 삶아 먹을 사냥개에게 뭔들 못 해 줄까?

정휘지는 품 안에서 전낭을 꺼내 수하에게 건넸다.

전낭을 받은 수하가 정휘지의 눈치를 살폈다.

진짜 건네도 되겠냐는 눈짓이었다.

정휘지가 고개를 끄덕이며 손짓하자 수하의 눈이 커졌다.

정휘지의 계획을 모르는 수하의 입장에서는 너무 많은 금 액이었다.

수하가 떨리는 손으로 전낭을 건넸다.

"자, 둘째 공자님께서 내리는 것이니 받게나."

전낭을 받은 심미호가 확인도 안 하고 품 안에 넣었다.

그러고는 잽싸게 각 잡힌 포권을 하며 외쳤다.

"충성!"

그 목소리에 정휘지는 고개를 끄덕였다.

"그럼 수고해 주게."

정휘지는 잠시 해남사우로 위장한 심미호를 훑어보더니 자리를 떠났다.

심미호는 정휘지가 사라진 자리를 보며 입꼬리를 올렸다.

정휘지가 맡긴 임무는 간단했다.

정휘지가 허가하는 사람을 빼고는 가주의 처소에 들이지 말라는 것이었다.

의원이든 하인이든 정휘지가 지정한 사람 외 다른 사람이 가주의 처소에 들어가려 한다면 그 즉시 베어도 좋다는 지시를 받았다.

심미호는 이 모든 상황을 예상한 한빈이 신기하기만 했다.

'주군은 신들린 것일까?'

말도 안 되는 상상을 하던 심미호는 품 속의 전낭을 만졌다.

임무는 임무대로 성실히 수행하고 정휘지에게 황금까지 받았으니 심미호의 기분은 오늘 날아갈 것만 같았다.

옆에 있던 소대섭도 고개를 끄덕였다.

눈이 마주친 심미호가 눈짓했다.

더는 티를 내지 말자는 신호였다.

하지만, 옆에 있던 조호와 장삼은 표정을 감출 수 없었다.

그중에서도 가장 상기되어 있던 것은 장삼이었다.

이건 말이 되지 않았다.

하남정가에 이런 방법으로 침투한다고?

이건 잠입한 것이 아니라 하남정가에서 자신을 모셔 간 것이나 다름없는 수준이었다.

장삼은 자신의 심장이 뛰고 있는 것을 느꼈다.

쿵. 쿵.

무사로서의 삶이 끝났다고 생각하는 순간, 인생이 다시 시작되었다.

장삼은 고개를 들어 북쪽을 바라봤다.

그곳은 한빈이 오고 있을 거라 예상되는 방향이었다.

"주군!"

장삼이 나지막이 외쳤다.

지금 이 나이에 진심으로 모실 수 있는 주군을 찾을 줄은 몰랐다.

장삼은 힐끔 고개를 돌렸다.

자신뿐 아니라 나머지 사람들도 모두 북쪽을 보고 있었다.

장삼도 다시 북쪽으로 시선을 돌렸다.

＊

같은 시각, 한빈의 흔적을 추적하던 광개는 눈을 크게 떠야 했다.

영단산 중턱에서 사파 무사들이 부상당한 채 쓰러져 있었기 때문이었다.

다행히 치명상을 피했는지 모두 목숨은 붙어 있었다.

광개가 쓰러진 사파 무인에게 물었다.

"대체 무슨 일입니까?"

"마, 마교가 다시 나타난 것 같소."

"마교라니요?"

"우린 적룡대협을 찾는 수색대요."

"적룡이라면……."

"우릴 구해 준 사파의 영웅이오."

"아."

"우릴 이렇게 만들 자들은 마교밖에 없소이다."

"마교라……. 흠."

광개는 침음을 삼켰다.

계속 나오는 마교라는 말이 귀에 거슬렸다.

그때 광개의 머릿속에 의문 하나가 떠올랐다.

마교라면 이 사파 무인들의 숨을 붙여 놨을까?

강호인들에게 이 질문을 한다면 백이면 백, 아니라고 답할
것이었다.

마교는 그만큼 맺고 끊는 것이 정확했다.

그렇다면 이들을 습격한 이는 누굴까?

흔적을 쫓던 광개는 잠시 후 눈을 크게 떠야 했다.

마지막 흔적에서 구걸십팔보의 자취를 발견한 것이다.

그렇다면 개방도?

과연 무슨 일이 일어나고 있는 것일까?

"이런 제기랄!"

비명을 내뱉은 광개는 재빨리 구걸십팔보를 펼쳤다.

사사삭.

광개의 신형이 그 자리에서 사라지자 쓰러져 있던 사파 무사들이 나지막이 비명을 내질렀다.

"이, 이보시오! 우리를 구해……."

하지만, 그는 말을 맺지 못했다.

벌써 광개의 모습은 그 무사의 시야에서 사라진 후였다.

마치 원래 없었던 사람처럼 광개가 있던 자리는 휑했다.

쓰러져 있던 무사가 말했다.

"에라, 이 거지 같은 놈아!"

그때 옆에 나이 든 무사가 나지막이 외쳤다.

"거지보고 거지라고 욕해서 뭐 하나?"

"뭐, 거지라고요?"

"지금 그가 펼친 건 개방의 구걸십팔보라네. 그러니 거지가 맞지. 그것도 개방 놈이 분명해."

"허허."

무사들은 자신의 상처를 감싸 쥔 채 헛웃음을 지었다.

다음 날 저녁.

영단산에서 이십 리 정도 떨어진 정백현의 선화객잔.

정백현은 하남과 장하의 나루터를 잇는 교통의 요충지로 상인들로 북적이는 마을이었다.

선화객잔은 이곳 정백현의 중심에 있는 객잔으로 삼 층 높이의 전각에 일흔 개가 넘는 객실을 자랑하는 곳이었다.

선화객잔의 가장 위 층인 삼 층, 그중에서도 가장 가장자리에 있는 객실은 쌀쌀한 날씨에도 불구하고 창문이 활짝 열려 있었다.

그 객실 안 사람들은 손을 호호 불며 다른 이들의 눈치를 보고 있다.

"후, 날씨가 정말 춥네요. 그런데 잘 때도 문을 열어 놔야 하는 겁니까?"

사내는 창가에 서 있는 무사를 보고 물었다.

무사가 고개를 돌려 답했다.

"장 의원, 조금만 참죠. 주군이 이렇게 표시를 하라고 하지 않았습니까?"

"아, 알겠습니다. 이 호위."

대화를 나누던 둘은 이무명과 장자명이었다.

그 옆에 있던 설화는 둘의 대화가 재미있다는 듯 바라보다가 당과를 베어 물었다.

설화는 이번 운송 임무가 제법 재미있었다.

상대를 죽여야 하는 삶에서 살아남아야 하는 입장으로 바뀌니 목표의 심리 상태를 잘 알 것만 같았다.

어찌 보면 살수로서도 한 단계 성장하는 계기가 되었다.

하지만, 이것보다 그녀가 더 흥미를 가지고 있는 것이 있었다.

그것은 임시 주인인 한빈이었다.

그녀는 앞일을 내다보는 한빈이 신기하기만 했다.

제갈공명의 환생인가?

희대의 사기꾼인가?

설화는 앞으로 벌어질 일을 기대하며 당과를 한 입 더 베어 물려 하다 안타까움의 탄성을 흘렸다.

"앗."

당과가 꽂혀 있던 꼬치는 휑했다.

벌써 다 먹어 버린 것이다.

"쩝, 다 떨어졌네. 어떻게 하지……."

설화가 안타까워하는 모습을 본 장자명이 말했다.

"설화야, 내가 하나 더 사다 주랴?"

"괜찮아요, 아저씨."

"에구, 이 어린 게 고생도 많지. 생각해 보면 사 공자는 진짜 피도 눈물도 없는 인간이라니까. 어린아이를 이런 위험한 임무에 데려오면 대체 어쩌겠다는 말인지……."

"아니에요, 아저씨. 저는 괜찮아요. 천수장에 남아 있어 봤자 더 위험하죠."

"그게 무슨 말이니? 얼마 전 영단산에서도 죽을 뻔하지 않았니?"

"에이, 괜찮다고 해도요."

"그래, 설화는 용감하구나. 그런데, 산을 잘 타던데, 화전민 출신 맞지?"

"뭐, 비슷해요. 아저씨."

설화는 고개를 끄덕였다.

그 모습에 이무명은 고개를 저었다.

이무명과 자신이 누구의 안내를 받고 내려왔던가?

바로 설화였다.

설화가 싸움이 일어나는 곳을 미리 감지하고 피했기에 편안히 산을 내려올 수 있었다.

비록 한빈이 사파 무사들에게 혼란을 줬다고는 하지만, 자신의 감각이라면 충돌 없이 산을 내려오지는 못했으리라 생각했다.

그런데도 장자명은 설화가 화전민 출신이라 오해하고 있는 것이었다.

거기에 더해 삼 년간 시녀 계약을 한 설화이기에 더 감정이입을 하며 챙겨 주려는 것 같았다.

대충 이해는 하지만, 이무명은 자신보다 고수일지 모르는 설화를 저리 챙기는 장자명이 안타까웠다.

장자명이 이무명의 시선에는 아랑곳하지 않고 계속 설화

를 챙길 때였다.

덜컹.

객실의 문이 열리고 누군가가 고개를 내밀었다.

쓰윽.

한 쌍의 눈동자가 방 안을 훑었다.

그와 눈이 마주친 이무명은 재빨리 각 잡힌 포권을 했다.

"주군!"

눈동자의 주인이 씩 웃으며 방 안으로 들어오자 설화가 일어났다.

"공자님, 늦으셨네요."

"조금 볼일이 있어서 늦었어. 다들 별일 없었지?"

한빈이 환하게 웃으며 모두를 둘러봤다.

"네, 저희는 괜찮아요. 조금 심심했던 것만 빼고는요."

설화가 고개를 끄덕이자 한빈은 시선을 돌려 장자명을 바라봤다.

"장 의원은 내가 온 게 못마땅한가 봐요?"

"……."

장자명은 아무 말도 못 하고 입만 벌리고 있었다.

아무리 생각해도 이해가 안 되었던 것이다.

솔직한 심정으로 살아 돌아오리라고는 생각지 못했다.

설화와 내려오면서 느꼈던 압박감은 엄청났다.

칼날이 빼곡한 기관 장치를 빠져나온 느낌이었다.

한빈이 영단산을 무사히 빠져나올 수 있을까?

그 질문에 장자명은 절대 아니라는 데 손목을 걸 수 있었다.

그런데 이렇게 멀쩡하게 빠져나오니 할 말을 잃은 것이다.

장자명은 한빈이 돌아오지 않을 가능성을 점치고 있었다.

그렇다면?

자신은 자유의 몸이 되는 것이었다.

한참 한빈을 보던 장자명이 자신의 실수를 깨닫고 재빨리 자리에서 일어났다.

"아, 사 공자. 놀라서 그럽니다, 놀라서. 그런데 사 공자도 화전민 출신인가요?"

"화전민? 그게 무슨 말입니까? 화전민이라니……."

한빈이 고개를 갸웃하며 나머지 사람들을 바라보자 설화와 이무명이 동시에 입을 막았다.

"크큭!"

"푸웁."

누가 봐도 웃는 모습에 장자명은 고개를 갸웃했다.

그것도 잠시 장자명은 어깨를 감싸며 창문을 가리켰다.

"이제는 닫아도 되지 않습니까? 사 공자."

"아마 손님이 한 명 더 올 것 같습니다. 장 의원은 추우면 이불이라도……."

한빈은 말끝을 흐렸다.

장자명은 이미 이불을 뒤집어쓰고 있었기 때문이다.

그런 장자명을 잠시 보던 한빈은 뭔가 결심한 듯 말했다.

"천수장에 도착하는 대로 장 의원도 맹호사대의 훈련에 합류하는 게 좋을 것 같습니다. 아무래도 체력부터 길러야겠습니다. 명색이 천수장의 대표 의원인데 그렇게 골골해서야 되겠습니까?"

한빈의 말에 장자명이 잽싸게 고개를 흔들었다.

그 모습이 마치 세 살 먹은 어린아이 같다.

"아, 아닙니다, 사 공자. 체력이라면 자신 있습니다."

장자명은 재빨리 이불을 침상에 던졌다.

그러고는 고개를 돌려 서쪽으로 넘어가는 해를 바라봤다.

그는 이상하게도 오늘따라 눈물이 나오려 했다.

출발하기 일주일 전부터 잠도 못 자게 괴롭히며 가짜 청명환을 만들게 한 것이 사 공자였다.

게다가 사 공자가 마차를 타고 올 때 이무명과 자신은 험한 산길을 달리지 않았던가?

말을 안 해서 그렇지 발바닥은 물집투성이였다.

장자명은 삼 년이라는 기간이 이렇게 길다는 것을 요즘 체감했다.

그때였다.

뒤쪽에서 검은 그림자가 나타났다.

언제 나타났는지도 모르게 객실에 스며든 인물에 눈이 한

계까지 커진 장자명.

하지만 그는 상대의 모습을 보고 고개를 갸웃해야 했다.

한눈에 봐도 거지였다.

뭐랄까?

거지 중에서도 상거지라 할 수 있었다.

물론 그는 거지가 맞았다.

장자명이 뚫어져라 바라보고 있는 그는 바로 개방의 광개.

장자명이 호기심으로 눈만 동그랗게 뜨고 있을 때, 한빈이 아무렇지도 않게 말했다.

"늦었네."

"내가 올 줄…… 알았어?"

"뭐, 통밥이지."

한빈이 씩 웃었다.

한빈이 처음에 광개에게 오라고 한 곳은 하남정가였다.

그런데 한빈은 어떻게 그가 따라올 것을 알고 있었을까?

바로 전생부터 알고 있었던 광개의 습성 때문이다.

광개는 사람은 놓치되 돈은 놓치지 않는다.

의심 많은 광개가 과연 하남정가로 가서 기다릴까? 구 할의 확률로 쫓아올 것이 분명했다.

게다가 중간에 구걸십팔보의 자취를 남기지 않았던가?

이것 또한 광개에게 시킬 일이 생각나서 남긴 흔적이었다.

놀란 광개의 표정을 본 한빈이 사람 좋은 얼굴로 말했다.

무림명가

검술천재

"출출하지? 뭐라도 먹을래?"

"지, 지금 그게 문제야? 너 정체가 대체 뭐야? 혹시 구걸십팔보도 네가 남긴 거야?"

"정답. 그런데 하나씩 물어봐."

"대체 이게 무슨 일이냐고? 이 괴물 같은 놈아!"

광개는 침을 튀겨 가며 질문을 던졌다.

그 모습에 한빈이 재빨리 옆으로 자리를 옮겼다.

"침 튀니까, 흥분하지 않고 말해."

"아니, 이놈아. 네 정체가 하북팽가 사 공자가 맞냐고?"

흥분한 광개의 말에 창가에 있던 이무명이 재빨리 끼어들었다.

"맞습니다. 하북팽가의 사 공자. 그리고 제 임시 주군이기도 하죠."

"너는 또 누구……."

광개를 말을 맺지 못했다.

그러고는 이무명의 위아래를 끊임없이 살펴봤다.

한참을 살피던 광개는 고개를 돌려 한빈을 바라봤다.

그때 이무명이 물었다.

"대체 누구시죠?"

이무명의 질문에 한빈이 끼어들었다.

"이 친구는 개방의 광개라고 해!"

"광개라면?"

이무명의 눈빛이 살짝 떨렸다.

얼마 전까지 하남정가에 있던 이무명이었다. 개방의 하남 분타주 광개의 이름을 아는 것은 당연했다.

이무명이 물었다.

"정말 광개 분타주가 맞습니까? 대체 주군과는 무슨 사이……."

이무명은 질문을 멈췄다.

광개가 넋이 나간 듯 소리 없이 입술만 들썩이고 있었기 때문이었다.

이무명도 넋이 나가기는 마찬가지였다.

개방의 하남 분타주가 여기에 왜 온다는 말이던가?

광개라면 개방에서 방주로 키운다는 무공의 천재였다.

그런데 더 이상한 것은 한빈과 허물이 없다는 것이었다.

마치 오랫동안 만나 온 사이 같았다.

물론 그것은 이무명의 오해였다.

한빈은 전생의 인연으로 광개와 편히 지내는 것이고 광개는 그런 한빈에게 말려든 것이었다.

한편 광개 역시 이무명의 시선에도 아랑곳하지 않고 넋이 나간 듯 추리를 이어 나갔다.

'쌍둥이였어. 그래서 동에 번쩍 서에 번쩍 할 수 있었던 것이고. 하나는 하북팽가의 사 공자고 하나는 사파의 영웅 적

룡대협이고…….'

이것은 오해였다.

물론 광개는 그 오해를 입 밖으로 뱉지 않았다.

개방이 어떤 단체던가?

중원에 흩어진 십만 거지들이 눈과 귀가 되어 정보에서라면 제일가는 방파였다.

광개는 정보가 돈이라고 생각하는 사람이었다.

자신의 추리를 입 밖으로 내는 순간 자칫 문밖에서 듣는이가 있을 수도 있었다.

이것은 돈을 남들과 나누는 것과 똑같은 행동이었다.

그것은 있을 수 없는 일.

넋이 나간 듯 입 모양으로 뭐라 중얼거리는 광개의 뒤통수를 한빈이 가볍게 때렸다.

팍!

정신을 차린 광개가 외쳤다.

"이게 무슨 짓이야! 왜 때리고 그래?"

"몰라서 물어? 왜 남의 집 족보를 꼬고 그래?"

"그게 무슨 말이야? 그럼 쌍둥이가 아니라는 말이야?"

그때 옆에서 한숨 소리가 들려왔다.

"휴……."

광개는 재빨리 고개를 돌렸다.

그곳에는 열다섯 정도 되어 보이는 여자아이가 한숨을 쉬고 있었다.

물론 그녀는 설화였다. 광개의 눈은 다시 커졌다.

자신이 흥분을 했다고 해도 여자아이의 기척을 전혀 느끼지 못했다.

저 소녀가 고수?

하지만, 고수의 풍모는 어디에도 보이지 않았다.

그저 작고 귀여운 여자아이일 뿐이었다.

광개는 자신이 기척을 느끼지 못했기에 설화가 무인이 아니라 생각했다.

뚫어져라 바라보는 광개의 시선에도 설화가 아무렇지 않게 말했다.

"저는 설화라고 해요."

"아."

"그리고 할 말이 있어요, 거지 아저씨."

"어? 거지라고?"

광개가 당황했다.

개방이니 거지는 맞다. 그런데 조그만 아이가 대놓고 거지라고 하니 뭔가 기분이 이상했다.

'그러고 보니······.'

광개는 힐끔 한빈을 바라봤다.

한빈과의 첫 만남 때 느꼈던 억울한 감정이 느껴졌다. 그때 한빈도 저렇게 얄밉게 말했었다.

'혹시 친척?'

광개는 다시 시선을 설화에게 돌렸다.

설화는 올망졸망 눈을 빛내고 있었다.

저렇게 귀여운 아이가 사파도 찜 쪄 먹을 한빈 같은 놈과 친척일 리는 없었다.

게다가 딱 봐도 시녀가 아니던가?

거기에 더해 설화가 어떤 의도를 가지고 말했을 리는 없다 생각했다.

광개가 웃으며 말을 이었다.

"개방의 제자니 거지가 맞긴 맞지. 괜찮으니 말해 봐."

"감사해요, 거지 아저씨. 우리 공자님하고 이 호위는 한눈에 봐도 다른데 착각을 하시는 게 이상해요. 이 부분도 그렇고 저쪽도 그렇고…….."

설화는 둘 사이의 다른 점을 가리켰다.

하지만, 광개의 고개는 점점 기울어졌다.

도저히 이해가 안 되었던 것이다.

이건 마치 요즘 북경에서 유행한다던 숨은그림찾기를 하는 것 같았다.

그때 설화가 말을 이었다.

"그중에서도 가장 큰 차이는…….."

그때 한빈이 끼어들었다.

"내가 더 잘생겼다는 점이지. 설화야, 간단하게 설명하면 될 것을 왜 그렇게 장황하게 설명을 해?"

그 말에 모두가 입을 벌렸다.

그때 한빈이 다시 광개를 바라봤다.

"그건 그렇고 부탁한 일은 잘 마쳤어?"

"그건 내가 물어보려고 하던 거다."

"뭐가 궁금한데?"

"혹시 적룡대협이라 불리는 자가 진짜 너냐?"

이번에는 방 안의 모든 사람이 눈을 크게 떴다.

주변의 시선에는 아랑곳하지 않고 한빈이 광개를 바라봤다.

"음."

한빈은 팔짱을 끼고 잔혈마도와의 결전을 떠올렸다.

그때 사파 무사들의 함성도 들렸다.

분명 한빈을 적룡대협이라 칭하며 응원했었다.

그런데 궁금한 것은 광개의 태도였다.

한빈은 광개에게 이 부분에 대해서도 말했었다.

긴 침음의 끝에 한빈이 다시 입을 열었다.

"무슨 일이냐? 혹시 사파 놈들이 죽자 사자 덤비더냐?"

"그게 아니라 반대다."

"반대라고?"

한빈은 이해가 안 된다는 듯 고개를 갸웃했다.

광개는 그 모습이 마음에 들었는지 웃기 시작했다.

"하하!"

"왜 그렇게 웃어?"

"갑자기 황당한 장면이 생각나서."

"무슨 장면?"

"네가 말한 대로 얼마 안 지나 사파 무리와 만났어."

"그래서, 내가 말한 대로 전한 거지?"

"그래, 붉은 옷을 입은 자가 폭포 밑으로 떠내려갔다고 하니 사파 놈들이 대성통곡을 하더라. 무슨 사파의 영웅이라나? 사도련주가 죽어도 그렇게 슬피 울지는 않을 거다. 대체 무슨 일이냐?"

"뭐, 내가 좀 도와주기는 했지."

"그, 그럼 화경의 고수랑 붙은 게 사실이냐? 그럼 적룡대협이 너란 얘기야? 여기 있는 이 양반이 아니고?"

광개가 살짝 흥분해서 질문을 쏟아 내자 이무명이 나섰다.

"우리는 영단산에서 내려와 여기에 묵은 지 한참 지났습니다."

"허허."

광개는 허탈하게 웃으며 한빈을 바라봤다.

자신의 추리가 무참히 깨진 것이다.

긴 웃음의 끝에 광개가 다시 입을 열었다.

"우리는 천지신명께 맹세한 친구가 맞지?"

"그럼, 당연하지."

"친구, 그럼 솔직하게 얘기해 주는 게 어때?"

"일단……."

한빈이 말끝을 흐리며 설화를 바라봤다.

그러고는 손가락을 튕겼다.

딱!

그 모습에 놀란 장자명은 눈을 크게 떴다.

어디선가 많이 본 모습이었기 때문이다.

아니나 다를까.

설화는 구석에서 보따리 하나를 들고 왔다.

장자명은 오는 길에 설화가 지필묵을 사길래 왜 그러나 했었다.

설화는 반듯하게 한지를 펼친 후 미리 준비한 먹물을 그릇에 쏟았다.

설화에게 붓을 건네받은 한빈은 지체 없이 문장을 써내려갔다.

장자명은 자신도 모르게 천장을 올려다봤다.

분명 처음에는 또 하나의 노예가 탄생하는구나 하는 안타까운 마음이 컸다.

그런데 이상한 일이었다.

장자명은 광개가 저 문서에 서명하기를 은근히 바라고 있었다.

장자명은 자신의 모순된 마음이 이해가 안 되었다.

그것도 잠시 천장을 올려다보던 장자명은 조용히 고개를 끄덕였다.

자신의 마음을 알 수 있었기 때문이다.

장자명은 동료가 늘어난다는 점에서 묘하게 기분이 좋았던 것이다.

획! 획!

일필휘지로 내용을 써내려 간 한빈이 호호 불어 먹물을 말린 다음 붓을 광개에서 건넸다.

붓을 건네받은 광개가 고개를 갸웃했다.

"이걸 왜 나한테 줘?"

"서명하라고."

"무슨 서명을 해?"

"생각해 봐, 우린 동업자라고 했지?"

"그렇지."

"내 부탁을 들어주면 그 대가를 톡톡히 쳐준다고도 했고?"

"당연하지."

"그런데, 넌 뭘 믿고 내 부탁을 들어준다는 거지?"

"그야, 네가 하북팽가의 사 공자니……."

"그러니 하는 말이야. 혹시 내가 중간에라도 잘못되면?"

"그야 하북팽가에서……."

"그래, 하북팽가에서 뭘 믿고 너한테 수고비를 주지?"

"아."

광개는 그제야 입을 떡 벌렸다.

천지신명께 약속한 사이라고는 하지만, 그것은 둘 사이의 일.

한빈이 빠지고 나면 약속도 무용지물이라는 것을 알게 된 것이다.

광개가 긴 탄성의 끝에 물었다.

"혹시 입 씻으려고?"

"아니, 약속을 지키려고 문서로 남겨 놓는 거다."

"오, 역시 하북팽가의 직계는 다르군. 고맙다."

"그러니 여기 서명하면 돼."

"알았다, 여기 서명하면 되는 거지? 그런데 비밀 유지 조항은 뭐지?"

"그것도 어차피 천지신명께 맹세한 거잖아. 우리가 얘기한 건 다 적어 넣었다."

"그래, 고맙다."

광개는 의심 없이 똑같은 내용이 써진 두 장에 각각 서명했다.

그 모습에 설화는 혀를 찼다.

비밀을 어겼을 경우 위약금이 무려 백 배였던 것이다.

광개의 서명이 끝나자 한빈은 모두에게 그동안 있었던 일을 이야기했다.

모두는 한빈이 화경의 고수를 꺾었다는 것을 믿지 못했다.

그것을 믿은 것은 오직 장자명뿐이었다.

가짜 청명환 두 알이면 아마 혈맥이 단단히 꼬였을 것이었다.

가짜 청명환에 넣은 것은 평범한 독이 아니었다.

정확히 말하면 독이라고 하기보다 영단에 가까웠다.

천수장에서 고생고생하면서 깨우친 음양의 이치.

사람의 몸을 지탱하고 있는 음양의 조화를 무너뜨려 주화입마에 들게 하는 약이었다.

가짜 청명환을 복용한 자는 무엇이 잘못되었는지도 모르게 서서히 무너져 갈 것이다.

장자명은 그것이 한빈의 무서운 점이라 생각하고 있었다.

백독곡의 백독문과 사천의 당문은 독에서라면 중원에서 두 손가락 안에 드는 문파와 가문이었다.

그런데, 그 두 곳에는 암묵적인 규칙이 있었다.

불특정 다수에게 독을 쓰지 않는다는 것이다.

물론 전쟁 중이라면 다르겠지만, 일반적인 상황에서는 목표한 대상에게만 독을 쓰는 게 암묵적인 규칙이었다.

하지만, 한빈은 누군지 모를 사람에게 가짜 청명환을 푼 것이다.

이것에 대해 장자명이 물어봤을 때 한빈의 대답은 간단했다.

-내 물건을 훔쳐 가는 놈이 적이 아니면 뭐겠어? 장 의원
은 목에 칼을 들이대는 놈을 그냥 둘 거야?

　그 말에 장자명은 고개를 끄덕일 수밖에 없었다.
　그런데 마교의 고수가 가짜 청명환을 먹었다 하니 그 상황
이 예상이 된 것이다.
　아마도 잔혈마도는 자신의 실력을 충분히 발휘하지 못하
고 가짜 청명환 때문에 주화입마에 든 상태에서 당했으리라.
　과연 한빈은 이것을 예상하고 준비한 것일까?
　장자명은 멍한 눈으로 한빈을 바라봤다.
　물론 나머지 사람도 멍하게 한빈을 바라보는 것은 똑같았
다.
　항상 평정심을 잃지 않던 설화도 이번에는 눈빛이 흔들렸
다.
　마교의 잔혈마도라?
　그는 흑천의 주인이라도 어찌할 수 있는 자가 아니었다.
　그런데 한빈이 그자를 꺾었다고?
　역시 한빈에게는 남모를 비밀이 있음이 분명했다.
　그 비밀을 안다면 중원 제일의 살수가 되는 것은 시간문제
라 생각했다.
　물론 옆에 있는 이무명의 눈빛도 흔들리기는 마찬가지였
다.

한빈은 모두의 눈빛에는 아랑곳하지 않고 말을 이었다.

"일단 내가 마교의 고수를 제압했다는 것은 비밀로 한다."

"네, 공자님."

설화가 답하고 뒤를 이어 이무명이 포권했다.

그의 태도는 어느 때보다 각이 잡혀 있었다.

"네, 주군."

모두가 고개를 끄덕이던 중 광개가 뭔가 생각났다는 듯 고개를 갸웃했다.

"그래, 네가 화경의 고수를 제압했다 치자. 그리고 사파 놈들이 자신을 구해 준 줄 착각하고 너를 적룡대협이라는 이름으로 부르는 것도 그렇다고 쳐. 그런데 아무리 생각해도 이해가 안 되는 점이 있다."

"말해 봐, 친구."

"네가 죽었다니 목 놓아 울부짖던 게 사파 놈들이야."

"그런데?"

"널 죽이려고 찾던 게 아니라, 네가 걱정돼서 추격하던 것 같은데……."

"그게 왜? 무슨 문제라도 있어?"

"그렇게 애타게 널 찾는 사람한테 처음에는 왜 칼침을 놓은 거냐?"

광개의 질문에 여기저기서 헛숨이 터졌다.

"헉! 공자님!"

설화가 놀란 듯 눈을 크게 뜨자 장자명도 물었다.

"아무리 사파라 하지만, 어찌 보면 아군인데 왜 그러셨습니까? 사 공자."

"주군, 대체 왜……."

이무명은 믿어지지 않는다는 듯 말끝을 흐렸다.

모두의 시선이 한빈에게 몰린 상황.

한빈은 어깨를 으쓱하더니 말했다.

"그런 걸 두고 사소한 오해라는 거지. 뭐, 사람이 실수할 수도 있는 거잖아. 그런 일이 비일비재하게 일어나는 곳이 바로 강호고 말이야. 그러니 다들 신경 쓰지 마."

한빈은 손을 내저은 채 침상으로 걸어가 벌러덩 누웠다.

그때 설화가 나지막이 말했다.

"역시 맞은 사람은 주화입마를 입어도 때린 사람은 발 뻗고 잘 잔다는 속담이 맞네요."

"설화야, 뭔가 바뀐 것 같은데?"

장자명이 눈을 가늘게 뜨고 묻자 설화가 당과 꼬치를 가리켰다.

"아저씨, 저거!"

그 모습에 장자명이 한숨을 쉬었다.

"휴……. 그래. 먹는 게 남는 거다, 설화야."

장자명은 품 안에 손을 넣어 전낭을 만졌다.

무보수로 일하는 그가 어떻게 돈이 생겼을까?

이것은 이무명과 설화가 몰래 돈을 챙겨 줬기 때문이었다.

그러니 이무명과 설화는 장자명에게는 은인이었다.

장자명은 조용히 객실을 나서며 생각했다.

이것만 해도 다행이라고 말이다.

장자명이 제일 걱정하는 것이 가짜 청명환이었다.

한빈이 퍼뜨렸다고는 하지만, 그것을 만든 것은 자신이니 말이다.

그런데 말을 듣고 보니 잔혈마도와의 결전 이후 청명환은 그들의 관심에서 사라진 것 같았다.

심혈을 기울여 만든 가짜 영단이 버려질 것을 생각하자 씁쓸했지만, 이것은 불행 중 다행이라 생각했다.

❦

사파 중에서도 방귀깨나 뀐다는 문파인 백사문은 오늘따라 정신이 없었다.

이틀 만에 영단산에서 벌어졌던 전설적인 대결은 사람들의 입에 오르내리기 시작했다.

그중 적룡대협에 대한 이야기는 점점 부풀려져, 적룡대협은 단순한 무인이 아닌 절세고수가 되어 버렸다.

영단산을 반쪽 내며 잔혈마도를 물리쳤다느니.

영단산의 천상 위에서 살던 신선이 잠시 내려와 사파의 무사를 구해 줬다느니.

영단산에 버려진 아이가 영단산에서 자란 약초를 먹고 혼자서 절세고수로 성장했다느니.

사파에서 키운 비밀 병기라느니 하는 갖가지 소문이 저잣거리에 떠돌았다.

그중에서도 가장 신빙성이 있는 것은 사파에서 키운 비밀 병기라는 소문이었다.

절세고수가 어찌 하늘에서 뚝 떨어진다던가?

고수는 기연으로 태어나는 것이 아니라 인위적으로 만들어진다는 것이 강호의 정설.

하지만, 문제는 누가 키웠는지 아는 사람이 없다는 것이었다.

진세미의 아버지인 백사문주 진사명은 먼저 돌아온 문도들에게 물었다.

"내가 이해가 안 되는 점이 하나 있다."

"말씀하십시오."

부상 때문에 먼저 돌아온 사파 무사가 포권했다.

그 모습에 사파 무사의 상태를 살핀 진사명이 고개를 끄덕이며 질문을 이었다.

"너희가 당한 상처는 적룡대협이 입힌 것이라 들었다. 맞느냐?"

"맞습니다."

"그 후 적룡대협이란 자는 잔혈마도의 손에 너희를 구했다고도 했다. 맞느냐?"

"네 맞습니다."

"흠, 그렇다면 앞뒤가 맞지 않다는 것을 너희도 느끼겠지."

백사문주 진사명은 눈을 가늘게 뜨고 수하들을 바라봤다.

진사명은 아직 적룡대협의 정체에 대한 의구심을 지우지 않고 있었다.

갑자기 나타난 사파의 영웅이라?

만약에 현장에서 그를 지켜봤다면 진사명도 흥분했을 수도 있겠지만, 상황을 듣다 보니 드는 의문이 한두 가지가 아니었다.

그때 수하 하나가 조심스럽게 입을 열었다.

"적룡대협이 우리를 공격한 것에는 이유가 있다고 봅니다."

"이유라? 소상히 말해 보아라."

"그때 저희는 청명환에 미쳐 있었습니다. 적룡대협이 저희를 쓰러뜨리지 않았다면 저희는 분명히 날뛰다가 다른 문파의 손에 죽든지, 아니면 잔혈마도의 칼에 목이 달아났을 겁니다. 이것은 다른 사파도 마찬가지입니다."

"음."

진사명은 턱수염을 쓸어내리며 수하의 눈빛을 봤다.

그의 눈빛에는 한 치의 두려움도 없었다.

저런 눈빛을 한 자가 거짓을 고할 리는 없는 일이었다.

긴 침음의 끝에 진사명이 말을 이었다.

"세미는 아직 수색 중이라고 했지?"

그가 말한 세미는 경탄강 하류에서 적룡대협을 찾고 있는 진세미였다.

무사가 고개를 숙였다.

"네, 그렇습니다. 아가씨는 현장에 남아 있는 사파를 규합해서 적룡대협을 찾는 중입니다."

그의 말에 진사명은 고개를 돌려 총관에게 말했다.

"남는 무사를 모두 세미에게 보내시오."

"네, 알겠습니다."

진사명의 눈빛이 깊어졌다.

자신이 들은 것이 모두 맞다면, 이것은 기회였다.

적룡대협이란 영웅을 찾는다면 백사문이 사파의 패권을 쥘 수 있었다.

설사 그게 아니더라도 적룡대협이란 걸출한 인물의 출현은 사파를 하나로 규합할 기회였다.

살았든 죽었든 그것은 문제가 아니었다.

다음 날 아침, 경탄강 하류.

백사문의 진세미는 사파 무사들을 이끌고 이틀 동안 경탄강 주변을 수색 중이었다.

이쯤 되면 적룡대협은 이 세상 사람이 아닌 것이 분명했다.

문제는 진세미가 그것을 인정하기 싫어한다는 점이었다.

진세미뿐만이 아니었다.

사파 무사들은 삼 일 밤낮을 꼬박 새우는 강행군에도 눈빛이 활활 타올랐다.

어떻게든 적룡대협의 시체라도 찾겠다는 일념으로 눈도 깜빡이지 않고 강가를 수색하는 중이었다.

하나, 이제는 한계 상황이 왔다.

말이 삼 일 밤낮이지 사파의 무인 중 몇이 쓰러지기 시작한 것이다.

진세미와 사파 무사들이 고민하고 있을 때 멀리서 배 한 척이 보였다.

점으로 보였던 배가 가까워지자 진세미는 고개를 갸웃했다.

상류에는 폭포가 있고 지금 이곳은 수심이 낮아 배가 들어오는 곳이 아니기 때문이었다.

점점 가까워지는 배.

진세미는 자신도 모르게 눈을 크게 떴다.

자신이 찾는 적룡대협이 저 배에 타고 있을지도 모른다는 생각 때문이었다.

진세미가 침을 꼴깍 삼키며 긴장하고 있을 때였다.

쿵!

배가 암초에 걸리는 소리가 났다.

진세미는 전혀 놀라지 않았다.

이곳은 수심이 낮아 작은 나룻배도 가끔은 암초에 걸리기 때문이었다.

순간 위쪽에서 소란이 일어났다.

"왜 안 가는 거야?"

여인의 목소리였다. 이어서 울먹이는 사내의 목소리가 들렸다.

"소저, 이쪽은 뱃길이 아니라고 몇 번 말씀드리지 않았습니까?"

"너희가 육지 길을 모른다고 해서 뱃길로 온 거잖아."

"소저, 그게 우리 잘못은 아니지 않습니까?"

"어쭈, 이것들이? 나를 습격해 놓고 모른 척하려고 해?"

"그건 그분이 이전에 용서한 일……."

"배 아래에 쓰러져 있던 내가 그걸 어떻게 알아. 그러니까 사 공자를 찾아내!"

여인이 호통쳤다.

그들의 상하 관계는 누가 봐도 분명했다.

그 무리의 대장은 여인이었고 사내들은 하인처럼 보였다.

물론 여인의 정체는 무소율이었다.

사실 무소율의 존재는 수적들에게 재앙이었다.

배와 배 밑에 쌓인 재물과 곡식을 팔아 새 출발을 하려고 꿈에 부풀어 있을 때 무소율이 깨어난 것이었다.

양악군이 없는 수적 무리는 평범한 도적 떼에 가까웠다.

평범한 도적의 무리가 무소율을 이긴다?

그것은 어림도 없는 일이었다.

성난 무소율은 수적에게 분풀이하기 시작했고 이들은 무소율이 원하는 바를 들어줘야 했다.

지금도 무소율은 수적들을 쏘아보고 있었다.

사실 무소율도 이들에게 화풀이하고 싶지는 않았다.

하지만, 배 아래에 쓰러져 있는 자신을 잊은 채 떠난 한빈이 미웠다.

얼마나 존재감이 없었으면 자신을 잊을 수 있다는 말인가?

아니, 한빈은 한빈이라고 치고 악비광은 어떠한가?

강아지처럼 졸졸 쫓아다니며 구애하던 악비광마저 자신을 잊었다고?

또한 천리 표국의 표사들도 얄미웠지만, 사실 제일 얄미운 것은 설화라는 시녀였다.

그 일행 중 가장 철저한 것이 설화였다. 그런데 설화가 자신을 잊었다라?

잊었다기보다는 모른 척했을 가능성이 높았다.

한창 성을 내고 있는데, 강가에 모여 있는 수많은 무사가 눈에 들어왔다.

대충 봐도 적의는 없어 보였기에 무소율은 배에서 뛰어내렸다.

팍!

강가의 자갈 밭으로 뛰어내린 무소율은 천천히 무사들에게 걸어갔다.

저벅저벅.

자갈 긁히는 소리를 내며 혼자 걸어가는 무소율을 경계하는 사람은 의외로 없었다.

점점 가까워지자 맨 앞에 있는 여인이 보였다.

그 여인의 표정을 본 무소율은 고개를 갸웃했다.

침울한 분위기가 표정에서 읽혔기 때문이었다.

또한 그 여인은 뭔가를 물어볼 것이 있는 듯 안절부절못하고 있었다.

무소율이 그녀의 앞에 가 먼저 포권했다.

"저는 무씨검가의 무소율이라고 해요."

"아, 무씨검가의 무 소저시군요. 말씀 많이 들었습니다. 저는 백사문의 진세미라고 해요."

"아, 진 소저의 말씀도 많이 들었습니다."

무소율도 같이 맞받았다. 그녀의 말은 반은 진실이었다.

정파 사이에서 사파 무사들의 좋은 이야기가 나올 리는 없지만, 백사문의 진세미라면 들어 본 적이 있기 때문이었다.

서로 인사를 건넨 두 여인은 잠시 머뭇거렸다.

침묵의 시간이 적당히 흐르고 나서 입을 연 것은 진세미였다.

"저, 묻고 싶은 말씀이 있습니다."

"말씀하세요."

"배를 타고 올라오시면서 혹시 붉은 옷의 무사를 보시지 않았는지요?"

"붉은 옷이라?"

무소율은 눈매를 좁혔다.

붉은 옷이라면 가장 먼저 떠오르는 것이 한빈이었기 때문이다.

무소율의 표정을 본 진세미가 물었다.

"혹시 보셨나요? 강에 떠 있는 형체라도 보셨으면 제발……."

그녀의 말이 끝나기 전에 무소율이 되물었다.

"붉은 옷의 무사를 강에서 왜 찾으시는 거죠?"

"저희를 구해 주시고 강에 빠졌어요. 그래서 찾고 있어요. 저희는 그분을 적룡대협이라고 부르고 있죠."

"그 붉은 옷의 무사가 혹시 하북팽가의 사 공자를 말씀하시는…….”

“아니에요. 하북팽가의 사 공자는 영단산을 내려간 지 오래예요. 저희가 알기로는 무사히 잘 내려갔어요.”

“휴…….”

무소율이 안도의 한숨을 내뱉자 진세미가 물었다.

“소저께서 찾으시는 분이 하북팽가의 사 공자신가요?”

“네, 그 일행을 찾고 있어요. 그런데 진 소저는 적룡대협이란 분을 아직도 못 찾으셨단 거죠?”

“네, 분명 장방 폭포 밑으로 떨어지셨다는 건 확인했는데…….”

진세미가 멀리 있는 폭포를 가리키자 무소율이 고개를 돌렸다.

생각보다 높이가 있는 폭포였다.

저기에서 떨어졌다면?

그것도 부상을 입은 상태로 말이다.

아무리 생각해도 살아 있을 가능성이 없었다.

무소율의 표정을 본 진세미가 말했다.

“화경의 잔혈마도를 물리치신 분이에요. 절대 죽었을 리가 없어요.”

“헉, 마교라니요?”

“저희는 마교와 일전을 펼쳤어요. 정확히는 저희가 일방적으로 당하고 있을 때 적룡대협이 구해 주신 거지만요.”

"마교가 하남까지 왔다니 그게 무슨 일입니까?"

"그건 저도 몰라요. 지금쯤이면 사실이 전달됐을 테니, 사도련과 정의맹의 수뇌부가 움직이겠죠."

진세미의 말은 사실이었다.

정파나 사파나 모두 중원의 문파.

평상시에는 명분과 이익에 따라 으르렁대지만, 마교가 나타났다면 상황은 달라진다.

세외 쪽인 천산 산맥에 있는 마교는 강호인에게는 중원의 문파가 아니었다.

마교가 나타나면 각을 세우던 정파와 사파도 어느 정도 뜻을 모으기 마련.

물론 마교가 중원에 본격적으로 모습을 드러냈다는 것은 이들의 오해였다.

사필귀정

전에 한빈이 생각한 대로 마교는 아직 움직이지 않고 있었다.

단지 잔혈마도만이 천산혈랑의 내단을 찾기 위해 중원으로 왔을 뿐이었다.

봉문은 했지만, 자신의 재산이 달아났는데 그것을 수거하지 않을 사람이 어디 있을까.

마교는 그런 의미에서 잠시 움직인 것뿐이었다.

그때 무소율이 걱정스러운 눈빛으로 말했다.

"꼭 찾으시길 바라요. 저도 가는 길에 적룡대협이란 분을 보면 꼭 소식을 전할게요."

"감사해요, 무 소저."

"그런데, 혹시 하남정가로 가는 길이 어느 쪽인지 아시나요? 제 일행이 뱃길만 알아서요."

"흠, 그럼 제가 사람을 붙여 드릴게요."

"호의 감사히 받을게요. 무씨검가로 돌아가면 꼭 은혜를 갚겠습니다."

두 여인은 뭔가 통하는 것이 있었다.

하지만, 찾는 사람이 같은 인물이라는 것은 꿈에도 몰랐다.

무소율은 정중히 포권한 후 배 위에 있던 수적을 보며 외쳤다.

"다 내려!"

그 말에 배 위에 있던 수적들이 사색이 되었다.

같은 시각 정백현의 선화객잔 앞.

한빈은 객잔을 나서다 멈추고 귀를 팠다.

"누가 내 얘기를 하나? 이상하네."

"공자님, 요즘 너무 예민해지신 거 아니에요?"

질문을 던진 설화가 당과 꼬치를 한 입 베어 물었다.

그 모습에 한빈이 웃었다.

"맞아, 요즘처럼 평화로운 때에 내가 너무 예민하긴 하지."

"공자님, 평화로운 건 아닌 것 같은데요. 잔혈마도 일도 그렇고요."

"에이, 그건 사파하고 적룡대협인가 하는 사람 얘기지, 나하고는 관계없는 일이잖아."

한빈의 말에 모두가 입을 딱 벌렸다.

지금 한빈의 표정은 누가 봐도 남의 이야기를 하고 있었다.

한빈은 광개에게 서찰 하나를 건넸다.

"이건 내 사부님께 갈 서찰이니 잘 챙겨. 잊지 말고 최대한 빨리 전달해야 한다."

"사부님이라고? 너 사부도 있었어?"

광개가 고개를 갸웃하며 서찰을 바라봤다.

그곳에는 무제자란 이름이 적혀 있었다.

하북 일대에는 홍칠개가 나서서 제자를 들였다고 소문을 냈지만, 아직 하남까지는 퍼지지 않은 상태였다.

사실 구걸십팔보의 흔적에 대해 진작 물어봤어야 했다.

하지만 광개는 그것이 자신의 착각이라 생각하고 아직 물어보지 않은 상태였다.

지금의 서찰도 그리 대수롭게 생각하지는 않았다.

지금 광개에게 중요한 것은 지금의 일이 얼마나 돈이 되는가 하는 점이었다.

광개가 서찰을 접어 품 안에 넣자 한빈이 시선을 이무명에게 돌렸다.

"이 호위, 이번 일은 절대 겁먹어서는 안 돼."

"네, 주군. 그 점은 걱정 안 하셔도 좋습니다. 제가 산전수전 다 겪은 몸입니다."

"참, 그 목걸이는 안 보이게 잘 숨기고."

한빈은 이무명의 목에 걸려 있는 목걸이를 옷 안쪽에 손수넣어 줬다.

설화가 아까 한빈과 이무명의 다른 점을 말할 때 가장 눈에 띄는 부분이 바로 이무명의 목걸이라고 했다.

이무명은 항상 자신의 성인 이(李)가 써 있는 나무토막을목에 걸고 있었다.

그것이 부적이라도 되는 것처럼 말이다.

이무명도 한빈의 목을 가리켰다.

"주군도 그거 안 보이게 넣으셔야 하는 거 아닙니까?"

"고마워, 이 호위."

한빈도 목에 건 조그만 장식품을 옷 안으로 밀어 넣었다.

모두와 인사를 마친 한빈이 장자명의 어깨를 톡톡 쳤다.

"이제 출발하지요, 장 의원."

"사 공자, 정말 우리 먼저 가는 겁니까?"

"네, 우리가 먼저 가야 합니다."

"위험한 일은 없겠지요?"

"천수장에서 하던 대로만 하면 됩니다. 그럼 위험한 일은 절대 없습니다."

"좀 불안한데요."

장자명이 눈을 가늘게 뜨고 한빈을 바라봤다.

사실 조금 불안한 것이 아니라 많이 불안했다.

장자명도 의원의 복장을 하고 있었지만, 한빈도 그와 같은 복장을 하고 있었다.

지나가는 사람이 본다면 두 명의 의원이 나란히 걸어가는 것처럼 볼 것이다.

계획은 간단했다.

소문대로라면 하남정가의 가주는 점점 병세가 깊어지고 있다.

청명환의 운송은 이무명이 맡고 자신은 한빈과 함께 먼저 도착해서 가주를 진료한다는 것이 기본 작전이었다.

하지만 장자명은 이번 계획이 왠지 꺼림칙했다.

그 모습에 한빈이 말했다.

"장 의원, 저 못 믿어요?"

"아, 그건 아니고……."

장자명은 말끝을 흐리며 어색하게 웃었다.

못 믿는다고 할 수도 없었고 믿는다고 할 수도 없었다.

세상에서 제일 못 믿을 사람을 한 명 대 보라고 하면 장자명은 말설임 없이 한빈을 말할 것이었다.

그렇다고 솔직히 말하자니 후환이 두렵고 말이다.

한빈이 피식 웃으며 앞장서자 장자명은 힘없이 발걸음을 떼었다.

둘이 시야에서 멀어지자 이무명이 설화를 잡아끌었다.

"이제 우리는 들어가자."

"네, 이 호위님. 우리는 어차피 이틀 뒤에 출발해야 하니까요. 그동안 푹 쉬어요. 참, 당과나 좀 사서 들어가요."

"허, 그러자꾸나."

이무명이 고개를 끄덕일 때 광개가 다가왔다.

"저는 그만 가 봐야 할 것 같군요."

"네, 살펴 가시지요."

"그런데 말입니다."

"말씀하시지요."

"혹시, 이 서찰에 적혀 있는 무제자라는 게 저희 개방의 홍칠개 어르신은 아니겠지요?"

광개가 눈을 가늘게 뜨고 이무명의 대답을 기다렸다.

"홍칠개 어르신이 맞는데요."

"아까 팽 공자가 분명히 사부라고 하지 않았습니까?"

"맞습니다. 무제자 홍칠개 어르신께서 최근에 거둔 제자가 바로 우리 주군이십니다."

"네?"

광개는 눈을 크게 뜨며 한빈이 떠난 자리를 바라봤다.

도무지 이해가 안 되는 상황이었다.

하북팽가의 직계이면서 개방의 제자라?

그때 이무명이 웃으며 말을 이었다.

"명목상 제자입니다. 그렇다고 저희 주군이 개방 방도는 아니고요. 홍칠개 어르신께서 저희 주군의 재능이 탐나서 제자로 두신 것 같습니다."

"허, 아무리 그래도……."

광개는 이해가 안 된다는 듯 고개를 갸웃하며 품 안에 서찰을 다시 꺼내 봤다.

살짝 만져 보니 서찰 안에 뭔가가 있었다.

그것을 슬쩍 꺼내 본 광개는 눈을 크게 떴다.

그곳에는 개방의 매듭이 있었다.

붉은 매듭은 세월 때문인지 검게 보일 정도였다.

개방 원로의 매듭이 맞았다.

그것도 붉은 실이면?

서찰을 전해야 할 사람이 홍칠개가 맞다는 말이었다.

그렇다면 한빈이 구걸십팔보를 익히고 있는 것도 사실.

하나, 개방에서 자신의 나이대에 구걸십팔보를 익힌 자는 없다 들었는데…….

자신보다 더 어려 보이는 한빈이 익혔다니?

왠지 호승심이 피어올랐다.

그것과는 별개로 붉은 실이 들어 있다면, 중요할 일일 터.

개방의 명예를 걸고 이 서찰을 전달해야 했다.

눈매를 좁힌 광개는 둘에게 인사도 없이 자리에서 사라졌다.

사사삭.

갑자기 사라진 광개를 본 이무명이 눈을 가늘게 떴다.

"무슨 일일까?"

"광개 소협께서 급하신가 보죠."

"그게 무슨 말이냐? 설화야."

"볼일이 급해서 저리 가는 게 아니겠어요."

"하하!"

이무명은 어이가 없어서 웃었다.

심각한 상황에서도 황당한 답변을 내놓는 설화가 싫지만은 않았다.

가만 보면 주군인 한빈과 닮은 구석도 있는 것 같고 말이다.

이무명은 당과를 파는 노점상을 향해 걸어갔다.

❧

삼 일 후.

하남정가 앞에 선 이무명과 설화가 잠시 발길을 멈추고 심호흡을 했다.

이무명은 중대한 임무를 앞둔 기분이었고.

설화는 불가능에 가까운 살행을 앞둔 기분이었다.

그만큼 심장이 쫄깃했다.

각기 다른 결심을 하고 있지만, 빛나는 눈동자만큼은 똑같았다.

심호흡한 설화가 말했다.

"공자님, 한철 궤는 잘 챙기셨죠?"

이무명은 손에 든 한철 궤를 확인하며 답했다.

"그래, 설화야."

"그럼 이제 들어가야죠, 공자님."

설화가 살짝 고개를 숙였다.

그 모습에 이무명은 기가 찼다.

지금은 완벽하게 한빈처럼 행동해야 했다.

사실 이무명은 두 가지 면에서 긴장했다. 하나는 하남정가 사람 중 자신을 알아보는 사람이 있을까 하는 점이었다.

하지만 그에 대한 고민은 모두 날렸다.

오기 전에 동경을 통해 확인하니, 옷이 날개라고 예전의 모습은 어디에도 없었다.

거기에 더해 머리 모양까지 바꾸자, 완벽하게 한빈이 되었다.

이대로 하북팽가로 돌아간다면 팽가에서도 한빈이라 믿을

정도였다.

그다음 걱정스러운 부분은 설화가 잘해 줄까 하는 점이었다.

지금은 그 걱정도 지울 수 있었다.

무위를 숨기고 있는 것은 익히 알고 있었지만, 지금처럼 자연스럽게 자신을 대할 줄은 몰랐다.

이무명이 하남정가의 정문 앞에 서자 설화가 경비 무사에게 달려갔다.

"안녕하세요, 아저씨. 저희는 하북팽가에서 왔어요."

설화의 인사에 경비 무사가 고개를 돌렸다.

"하북팽가라고?"

깜짝 놀란 경비 무사가 뒤쪽에 몇 걸음 떨어져 있는 동료에게 달려가 속삭였다.

동료 경비 무사는 순삭간에 안으로 달려갔다.

잠시 후.

하남정가의 정휘지가 나왔다.

둘을 본 정휘지가 눈매를 좁히더니 천천히 입을 열었다.

"고생했네, 사 공자. 그런데 천리 표국의 무사들은 어디로 갔는가?"

"오는 동안 많은 일이 있었습니다. 하지만, 청명환만은 지켰습니다."

"허, 우리가 진작 마중을 나갔어야 하는데, 내 불찰로 자네가 고생했군."

이무명이 겨우 표정을 숨겼다.

정휘지의 말이 거짓이라는 것을 알기 때문이었다.

그들 때문에 목숨을 걸고 청명환은 호송하는데 하남 땅에 들어서도 하남정가의 모습은 어디에도 찾을 수 없었다.

"아닙니다. 하남정가의 가주님을 위한 것이 강호를 위한 일 아닙니까?"

생각과는 달리 이무명은 혀에 꿀이라도 바른 듯 말을 이었다.

모든 것이 한빈이 시킨 그대로였다.

정휘지가 답했다.

"어서 들어오게, 그러지 않아도 아버님께서 점점 상태가 안 좋아지셔서 당장 영단이 필요하던 차였네."

정휘지가 손으로 재촉하며 앞장서자 뒤를 따르던 이무명은 미간을 좁혔다.

뭔가 어긋났다는 생각이 든 것이다.

이무명의 계산대로라면 한빈은 이틀 전에 이곳에 도착했어야 했다.

그리고 몰래 하남정가 가주의 상세를 살피고 치료를 마쳤어야 했다.

하지만 정휘지는 급박한 상황이라고 했다.

이무명의 심장이 점점 뛰기 시작했다.

하남정가 가주가 걱정이 되는 것이 아니라 한빈이 걱정되어서였다.

검으로 우정을 나눈 지기이자 주군인 한빈이었다.

일이 틀어져도 한빈만은 무사해야 했다.

이무명은 옆을 힐끔 봤다.

그곳에는 설화가 통통 튀는 걸음으로 아무렇지도 않게 걷고 있었다.

이무명은 주군에 대한 자신의 믿음이 부족하다고 생각했다.

설화도 주군을 저리 믿는데 자신이 한빈을 못 믿는다?

이무명은 보이지 않게 이를 꽉 깨물었다.

천천히 앞서가던 정휘지가 걸음을 멈췄다.

이무명은 힐끔 고개를 들어 현판을 봤다.

역시 가주의 처소가 맞았다.

쾌룡전(快龍殿).

하남정가에서 가장 화려한 전각으로, 가주의 처소다.

하남정가의 상징인 쾌검과 상서로운 용의 형상이 기둥에 음각되어 있었다.

정휘지가 손을 내밀었다.

"청명환을 이리 주게."

"여기 있습니다."

이무명이 보따리를 내밀자 때마침 의원이 달려왔다.

순간 이무명은 겨우 비명을 참았다.

달려오는 의원이 한빈이나 장자명이 아닌 다른 이였기 때문이다.

그렇다면 주군은 어디에 있을까?

그리고 이 불길한 느낌의 정체는 무엇일까?

이무명은 겨우 표정을 수습했다.

달려온 의원이 청명환이 든 한철 궤를 대신 받았다.

정휘지의 앞으로 달려온 의원이 고개를 조아렸다.

"이것으로 한숨을 돌릴 수 있을 것 같습니다."

"최 의원."

"네, 가주님."

"아버님을 잘 부탁하네. 청명환으로 아버님을 반드시 살려 주게."

정휘지는 의원의 어깨를 토닥였다.

그 장면만 봐서는 진짜 가주를 걱정하는 모습이었다.

하지만 하남정가에서 오랫동안 지내 온 이무명은 그 모습이 가식이라는 것을 알고 있었다.

정휘지의 야심은 하남정가 사람이라면 호위 무사부터 하인까지 모르는 이가 없었으니 말이다.

의원이 들어가고 일각이 지났을 때였다.

"어, 어어!"

안쪽에서 당황한 의원의 외침이 들려왔다.

숨 한 번 참을 시간이 지나자 의원이 달려 나왔다.

사색이 된 의원이 눈을 크게 뜨며 말했다.

"가주님이 위험합니다!"

"뭐라? 무슨 일이더냐?"

"아, 아무래도 청명환에 독이 든 것 같습니다."

그들의 대화에 이무명은 눈매를 좁혔다.

정휘지의 함정에 걸린 것이 분명했다.

자신이 가져온 청명환은 가짜가 맞았다. 하지만, 그것에 독이 없다는 것을 알고 있었다.

정화 부인이 준 진짜 청명환이 든 한철 궤는 한빈이 가지고 떠났었다.

이무명은 조용히 정휘지를 응시했다.

당황한 표정에 비해 입꼬리가 살짝 춤을 추고 있었다.

이무명은 크게 심호흡을 한 뒤 말했다.

"그게 무슨 말씀이신지요? 어떻게 청명환에 독이 들어 있다는 말입니까?"

"미안하지만 사 공자. 하남정가의 가칙을 따라 줘야겠네."

정휘지가 손을 뻗었다.

그의 검지가 이무명의 어깨 쪽에 있는 견정혈을 눌렀다.

픽!

순간 이무명은 상체를 움직일 수 없었다.

마혈을 제압당한 것이다.

이무명의 옆에 있던 설화는 눈을 크게 뜨며 울듯한 표정을 하고 있었다.

너무 놀라 울음도 안 나오는 아이의 모습이었다.

황당한 상황 속에서도 이무명은 웃을 수밖에 없었다.

남들은 속겠지만, 설화의 모습은 분명 연기였다.

지금 이 순간에도 당황하지 않고 자신의 임무를 수행하는 것이었다.

하지만, 뛰는 가슴을 멈출 수는 없었다.

어쨌든 함정에 빠진 것이기에 평정심을 유지한다는 것은 불가능했다.

그때 정휘지가 외쳤다.

"용의자를 포박하라! 대신 정중히 모시도록."

추상과 같은 명령에 가주의 처소를 지키던 호위 무사들이 뛰어 왔다.

그들은 순식간에 이무명과 설화를 포박했다.

이무명은 꽁꽁 묶인 설화와 함께 하남정가의 지하에 있는 뇌옥으로 끌려갔다.

빠르게 뛰던 이무명의 심장이 안정된 것은 묘하게 결박을 당하고 나서였다.

정신이 없어서 확인을 못했었는데, 그를 결박한 것은 조호였다.

설화를 결박한 것은 심미호였고 말이다.

어찌 보면 마혈을 제압당한 것이 행운이었다.

마혈을 제압당하지 않았다면 분명 표정의 변화가 있었을 것이었다.

터벅터벅.

뇌옥의 복도를 걷다가 가장 끝 방에서 조호가 멈췄다.

그러고는 열쇠로 철창을 열었다.

뇌옥의 철창이 열리자 조호와 심미호는 이무명과 설화를 무지막지하게 밀어 넣었다.

털썩.

얼마나 세게 밀었는지 이무명과 설화는 뇌옥 바닥을 굴렀다.

그 모습을 보고 있던 정휘지의 수하가 말했다.

"허허허, 아까 우리 공자님께서 살살 다루라고 했을 텐데?"

"죄인에게 대하는 예우치고는 살살 다룬 편이지요."

심미호가 포권하며 답하자 정휘지의 수하가 입가에 미소를 띠었다.

"역시 말귀를 잘 알아듣는 친구들이군. 며칠 안 남았으니 조금만 고생하라고. 평생 먹고살 돈을 만지게 해 줄 터이니."

"존명!"

심미호가 과하게 허리를 꺾으며 포권했다.

누가 보면 하남정가에 간이라도 내놓은 듯한 모습이었다.

심미호와 조호는 이무명과 설화에게 눈길 한 번 주지 않고 사라졌다.

피도 눈물도 없는 심미호와 조호의 연기에 이무명은 또 한 번 놀랐다.

잠시 동안 저들의 행동이 진심일지도 모른다는 착각을 했으니 말이다.

그때 설화가 이무명의 앞에 주변에 떨어진 나무 막대로 뭔가를 썼다.

소리가 새어 나갈까 봐 글자로 대화를 나누자는 뜻 같았다.

스슥.

설화가 쓴 글자가 완성되었다.

아저씨, 괜찮아요?

답을 하려던 이무명은 마혈과 아혈이 동시에 제압당했다는 사실을 깨달았다.

이무명이 멍하니 있자 설화가 기존 글씨를 지우고 다시 글씨를 썼다.

스슥.

마혈은 풀어 드릴 테니 눈치 보면서 움직이세요.

말을 마친 설화가 검지로 이무명의 혈도를 풀었다.
픽!
이무명은 그제야 움직일 수 있었다.
그때 이무명의 머릿속에 한 가지 의문이 생겼다.
점혈은 당하지 않았지만, 포박을 당했던 설화였다.
그런데 어떻게 글씨를 쓸 수 있던 거지?
고개를 돌려 보니 밧줄이 정갈하게 정리된 채 옆에 놓여
있었다.
거기에 한 가지 의문이 더해졌다.
정휘지는 상체만 점혈을 했었다.
그것은 어찌 보면 고급 수법.
그렇다면 설화의 경지는 최소 절정 최상급 이상이라는 이
야기였다.
순간 이무명은 소름이 돋았다.
한빈에게 마음을 준 후 시한부로 천수장에 남아 있기로 했
지만, 이렇게 괴물들이 득실거릴 줄은 몰랐었다.
문득 며칠 전에 한빈이 들려준, 한빈과 잔혈마도 사이에
있었던 사건이 떠올랐다.

이무명은 그게 사실이 아니라 생각했다.

제압을 했어도 혼자 한 일은 아니라 생각했다.

지난번 검을 맞대었을 때 한빈의 모든 실력을 알았다 생각했는데…….

'그 안까지 들여다본 것이 아니었던가?'

이무명은 조용히 눈을 감았다.

　

같은 시각 하남정가의 접객실.

정휘지의 앞에는 두 사내가 앉아 있었다.

그들은 다름 아닌 하남정가의 빈객으로 와 있는 점창파와 곤륜파의 고수였다.

점창파의 고수는 정창명이었고 곤륜파의 고수는 이진명이었다.

먼저 입을 연 것은 정휘지였다.

"지금 하남정가 내부에서 불미스러운 일이 일어났습니다."

"무슨 일입니까?"

점창파의 정창명이 묻자 정휘지가 낮은 목소리로 말을 이었다.

"다름이 아니라, 오늘 청명환이 도착했습니다."

“오호, 그렇다면 가주께서 병마를 떨치고 일어나시겠군
요.”

“저도 그런 희망을 가졌습니다만, 말 못 할 일이 일어났습
니다.”

“말 못 할 일이라…….”

“두 분께 말씀드리지 못할 일은 없지요. 청명환인 줄 알고
먹였던 영단이 사실은 독이었습니다. 덕분에 아버님은 지금
그나마 붙잡고 있던 의식이 끊긴 상태고요.”

“허허.”

“문제는 사후 처리입니다. 청명환을 빼돌리고 대신 독약을
넣은 일을 주도한 것이 하북팽가의 사 공자입니다.”

“흠.”

점창파의 정창명이 수염을 매만졌다.

하북팽가의 사 공자라면 얼마 전 봤던 사악한 놈이었다.

배분으로 누르려다가 도리어 당했던 기억이 아직도 생생
했다.

정창명이 강호에서 구른 시간만 해도 몇십 년이었다.

지금 상황을 모를 리 없었다.

수염을 매만지던 정창명의 손이 멈추고 그의 입이 열렸다.

“어떻게 해 주면 좋겠소?”

“아무래도 이 일에는 저희 형님이 관여된 것 같습니다.”

“허허, 대공자가요?”

정창명은 모른 척 다시 수염을 매만졌다.

그 모습에 정휘지가 말을 이었다.

"저희 아버님께서 깨어나시면 후계 구도를 다시 짠다 하셨습니다. 그게 두려웠던 것이지요."

"……."

정창명은 아무 말 없이 고개를 끄덕였다.

대신 그 옆에서 대화를 듣고 있던 곤륜의 이진명이 말했다.

"그럼 저희가 정의맹을 대표해서 하남정가 재판의 증인이 되면 되는지요?"

"네, 맞습니다. 아직은 이 일이 새어 나가면 안 됩니다. 대환단을 구한다는 명분으로 밖에 나간 저희 형님이 돌아오기까지는 말입니다. 며칠 뒤에 아무런 성과도 없이 돌아오신다고 들었습니다. 그때 나서 주시면 됩니다."

"네, 좋습니다. 그런데, 집안싸움에 저희가 끼어들 명분이 조금……."

이진명이 말끝을 흐리자, 정휘자가 상자 두 개를 내밀었다.

스윽.

납작한 상자 두 개가 정창명과 이진명의 앞에 각각 놓였다.

상자의 크기에 정창명은 살짝 실망한 듯 고개를 돌렸다.

이진명도 슬쩍 시선을 피했다.

그들의 모습에 씩 웃은 정휘지가 살짝 입가에 미소를 띤 채 일어났다.

그러고는 고개를 숙이며 이진명과 정창명의 앞에 놓은 상자를 잡았다.

가볍게 열자 상자 안에 든 황금이 모습을 드러냈다.

점창파의 원로 정창명이 옅은 탄성을 토했다.

"허허."

곤륜의 일대제자 이진명도 마찬가지였다.

"과연, 은이 아니라 황금이라니…… 몸 둘 바를 모르겠습니다."

말을 마친 이진명은 잽싸게 상자를 끌어당겨 자신의 무릎에 놓았다.

이틀 후 하남정가의 뇌옥.

이무명의 표정은 시시각각 변하고 있었다.

처음에는 심미호와 조호를 보고 안심했지만, 묘하게 불안감이 커져 갔다.

문제는 심미호와 조호가 그 후로 한 번도 방문하지 않았다는 점이었다.

밖에서 대체 무슨 일이 생긴 것일까?

옆을 힐끔 보니 설화는 눈을 감고 좌선을 하고 있었다.

이 상황에서 운공을 하고 있는 것이다.

그때였다.

저 멀리서 문 열리는 소리가 들렸다.

덜컹!

그 소리에 설화는 재빨리 좌선을 풀고 옆에 정리했던 밧줄로 자신의 몸을 포박했다.

아무리 봐도 신기에 가까운 솜씨.

저런 일을 할 수 있는 자는 저잣거리의 공연 패거리들밖에 없다고 생각했다.

이무명은 아무리 생각해도 설화의 정체를 알 수 없었다.

화전민 출신의 저잣거리 공연단?

점점 장자명을 닮아 가는 이무명이었다.

그때였다.

정휘지의 수하가 비릿한 웃음을 머금고 뇌옥의 철창 앞에 섰다.

"둘 다 어서 일어서라!"

그의 행동에 이무명이 눈매를 좁혔다.

상대는 자신을 하북팽가의 사 공자로 알고 있을 텐데 이렇게 하대한다?

그것은 반드시 죽이겠다는 신호였다.

이무명이 쏘아보자 정휘지의 수하가 말했다.

"내가 선물로 충고 하나만 하지."

"……."

"이제 가문의 재판이 열릴 것이야. 그때 무조건 우리 이 공자님의 말에 고개를 끄덕이거라. 그렇다면 목숨은 부지할 수 있을 것이야."

"……."

이무명이 아무 말 없이 바라보자, 정휘지의 수하가 말했다.

"참, 아혈이 아직 안 풀렸지. 어쨌든 명심하는 게 좋을 거야."

그때였다.

설화가 말했다.

"저도 살려 주시는 거예요, 아저씨?"

"그래, 너는 점혈을 안 했으니 말이 통하겠구나. 너도 마찬가지다. 무조건 네라고 대답하면 몸성히 집으로 돌아갈 수 있을 것이다. 잠시 뒤에 다시 오마."

정휘지의 수하는 그 말을 마지막으로 뇌옥을 빠져나갔다.

그가 빠져나가자 설화가 피식 웃으며 말했다.

"휴, 이 생활도 오늘이 마지막이네요. 그렇죠, 아저씨."

웃는 설화에 비해 이무명의 얼굴을 돌처럼 굳어 있었다.

"아무래도 걱정이 되는구나. 일이 이 정도 진행됐으면 밖에서 무슨 소식이라도 들려야 할 텐데, 아직도 정휘지와 그의 수하들이 설치는 것을 보니 조금 불안하구나."

"아저씨도 참, 공자님 못 믿으세요?"

"믿기야 하지. 그런데 내가 믿는 공자님마저 안 보이니 불안한 마음은 어쩔 수 없구나. 사실 하남정가의 가주님도 걱정되고."

"공자님이 먼저 출발하셨으니 모두 해결하셨을 거예요."

설화는 웃는 얼굴로 이무명을 바라봤다.

이무명은 설화의 모습에 어이가 없었다.

아무리 한빈을 믿는다지만, 조금 있으면 목이 달아날 판인데 어찌 이리 태평하다는 말인가?

지금 상황을 보면 가주도 상태가 악화된 것이 분명했다.

하남정가의 대공자까지 자리를 비운 상태.

과연 이 난국을 뒤집을 수 있을까?

이무명은 아무리 생각해도 불가능했다.

그때였다.

멀리서 발소리가 들려왔다.

터벅터벅!

그들의 발소리가 뇌옥의 철창 앞에서 멈추자 이무명이 고개를 들었다.

눈앞에는 정휘지의 수하가 눈을 빛내고 있었다.

그는 비릿한 눈웃음을 지으며 말했다.

"죄인은 어서 일어나시오."

"……."

이무명은 황당하다는 듯 그를 바라봤다.

분명 가문의 자체 재판이 열릴 것이라고 했다.

결과가 나오기도 전에 사돈 집안의 직계를 죄인 취급 한다
라?

주군인 한빈이 실패했을 것이라고는 생각하기 싫었다.

하지만 정휘지의 수하는 묘하게 자신감 넘치는 표정을 하
고 있었다.

이무명은 자신도 모르게 미간을 좁혔다.

그 모습을 본 정휘지의 수하는 입꼬리를 올렸다.

그러고는 기분 좋게 부하에게 외쳤다.

"어서 끌어내라!"

이무명과 설화가 자리에서 일어나자 정휘지의 수하가 사
람 좋은 얼굴로 말했다.

"그래도 변명할 기회는 줘야 할 테니, 아혈은 풀어 줘야
지."

그는 마치 선심이라도 쓴다는 듯 점혈을 풀었다.

픽!

동시에 이무명의 입에서 침음이 흘러나왔다.

"음."

정휘지의 수하가 사람 좋은 얼굴로 말했다.

"너무 서운해하지 마시죠. 저희라고 팽가의 공자님께 이런 대우를 하고 싶은 것은 아닙니다. 제 주군의 물음에 무조건 고개를 끄덕이십시오. 그것만이 살길입니다."

"자네, 이러고도 무사할 성싶은가!"

이무명이 한빈의 역할에 감정이입 해서 노한 목소리로 외쳤다.

그 외침에 정휘지의 수하가 작게 고개를 흔들었다.

"아무래도 아혈은 가주전에 도착해서 다시 풀어 드려야 할 듯싶군요."

픽!

그는 다시 이무명의 아혈을 점혈했다.

점혈을 당한 이무명은 아무 표정 없이 캄캄한 복도의 끝을 바라봤다.

천천히 끌려가는 이무명이 힐끔 옆을 바라봤다.

그곳에는 설화가 무표정하게 걷고 있었다.

❦

이무명이 끌려간 곳은 하남정가의 가주전이었다.

그는 눈을 가늘게 뜨고 주변을 바라봤다.

가주전에 있는 자들은 하나같이 눈을 빛내고 있었다.

마치 먹이를 앞에 둔 승냥이 떼 같은 모습이다.

그런데 그들의 눈빛은 미묘하게 달랐다.

원하는 바가 모두 다른 것이다.

누군가는 금력을 원할 테고.

누군가는 권력을 원하는 것 같았다.

물론 어디에 줄을 설까를 고민하는 자도 보였다.

묘한 분위기에 이무명은 이를 악물었다.

'대체 주군은 어디에 있는 거지?'

이무명은 쉴 틈 없이 사람들을 살폈다.

그때 웅성거리는 소리가 들려왔다.

"이제 시작하려나 보네."

"다들 정숙하시오."

그들의 외침이 잦아들기도 전에 발소리가 들려왔다.

터벅터벅.

내공을 실은 듯 발소리에 맞춰 가주전이 울렸다.

그 발소리는 가주전의 태사의로 향했다. 그 소리의 주인공
은 정휘지였다.

자신이 오늘의 주인공이라고 밝히는 듯한 요란한 등장이
었다.

천천히 상석으로 오른 그는 비어 있는 가주의 태사의를 힐
끔 바라봤다.

하지만, 그곳에 앉지는 않았다.

급할 것이 없다는 여유 있는 눈빛이었다.

태사의 옆에 선 정휘지는 날 선 표정으로 가주전 내부를 바라봤다.

 가주전의 좌우로는 하남정가의 원로와 각주 들이 자리하고 있었다.

 정휘지와 시선이 마주친 원로와 각주 들은 가볍게 고개를 숙였다.

 그중 몇몇은 보이지 않는 미소를 짓고 있다.

 원로와 각주 들을 살피던 정휘지는 상석으로 시선을 돌렸다.

 그곳에는 빈객으로 와 있는 곤륜파의 이진명과 점창파의 정창명이 무표정한 얼굴로 뭔가를 기다리듯 생각에 잠겨 있었다.

 정휘지가 그들을 바라보자 상념에서 깨어난 이진명과 정창명이 작게 미소 지었다.

 정휘지는 이번만큼은 날 선 표정을 풀고는 고개를 끄덕이며 그들에게 예의를 표했다.

 곤륜파의 이진명과 점창파의 정창명은 이곳에서 일어날 모든 일의 증인이 될 것이다.

 또한 그들은 정휘지의 행동이 공정함을 정파의 모두에게 설파할 것이다.

 일단 정휘지가 원하는 판이 마련된 상황이었다.

 이제 하남정가의 세대교체라는 진수성찬이 바로 코앞에

다가왔다.

물론 그 전에 맛보기 음식이 필요했다.

정휘지는 이제부터 팽한빈과 정인지라는 최고의 재료를 잘게 다질 터였다.

정휘지는 조심스럽게 태사의를 쓰다듬으며 침통한 표정을 지었다.

그 표정에 모두가 동조하는 듯 고개를 끄덕였다.

정휘지의 표정을 바라보던 이무명은 나지막이 한숨을 쉬었다.

"휴……."

어린 시절부터 몸담아 온 하남정가에 대한 환상이 모두 깨지는 날이었다.

그때 정휘지가 고개를 돌리더니 내공을 실어 외쳤다.

"대공자를 들여라!"

그의 지시를 받은 무사들이 가주전의 옆문을 열었다.

정휘지를 따르는 무사들이 누군가를 포박한 채 끌고 왔다.

제압당한 상태이지만, 그 사내의 눈빛은 살아 있었다.

끌려온 사내가 정휘지 앞에 섰다.

사내와 정휘지 사이에 묘한 기류가 흐른다.

가주전에 있는 모든 이는 아무 말 없이 서로를 바라보는 정휘지와 사내를 보며 마른침을 삼켰다.

잠시의 침묵이 흐르고 먼저 입을 연 것은 사내였다.

그는 책망하는 듯한 목소리로 말했다.

"둘째야, 이게 무슨 일이더냐?"

사내는 정휘지의 형이자 하남정가의 소가주인 정인지였다.

그는 한 시진 전 하남정가로 돌아와 동생에게 하북팽가에서 보낸 청명환이 도착했다는 보고를 받았었다.

정휘지는 그 소식을 전하며 정인지에게 암습을 날렸다.

마음을 탁 놓고 있던 정인지는 정휘지에게 힘없이 당할 수밖에 없었다.

정인지의 노기 어린 질문에 정휘지는 아무런 표정 없이 말했다.

"그건 제가 물어보고 싶습니다. 형님, 대체 왜 그런 일을 벌이신 것입니까?"

"그게 무슨 말이냐?"

"하북팽가에서 가져온 청명환에는 독이 들어 있었습니다."

"그게 무슨 말이더냐?"

"덕분에 아버님의 상태는 돌이킬 수 없게 되었습니다."

"대체 아버님이 어떻게 되었다는 말이냐?"

정인지는 자신의 상황도 잊은 듯 눈을 크게 뜨고 물었다.

"왜 모른 척하십니까? 이미 팽가의 사 공자가 모든 사실을 토설했습니다."

"팽가의 사 공자라고?"

정인지는 눈을 가늘게 뜨고 가주전의 내부를 둘러봤다.

아무리 봐도 가주전에 자신이 아는 하북팽가의 인물은 없었다.

그도 그럴 것이 정인지는 여태껏 하북팽가에 사 공자가 있었는지조차 몰랐다.

그만큼 하북팽가에서 한빈의 존재는 미미했다.

하북성에서야 최고의 겁쟁이로 유명했지만, 그 오명이 하남까지 퍼질 까닭은 없었기 때문이다.

또한 정인지는 가주의 치료에 필요한 영약을 구하기 위해 무당파와 화산파 그리고 소림사를 오갔다.

정신없이 뛰어다니는 바람에 그간 강호에 떠도는 소문도 들을 수 없었다.

그때 정휘지가 손뼉을 쳤다.

짝짝!

그 소리에 맞춰 무사들이 뒤쪽에서 붉은 무복의 사내를 끌고 왔다.

무사들은 가주전의 중앙에 붉은 무복의 사내를 팽개쳤다.

무사들이 붉은 무복의 사내를 에워싸자 정휘지가 검지로 그쪽을 가리키며 말했다.

"형님은 진정 저자를 모른다는 말씀입니까?"

그 모습에 놀란 정인지가 외쳤다.

"둘째야! 지금 대체 무슨 소리를 하는 것이냐?"

"형님이 팽가의 사 공자와 모의를 해 놓고 모른 척하십니까? 가주 자리가 그토록 탐나셨단 말씀입니까?"

"대체 무슨……."

"잠시만 기다리시지요."

정휘지는 천천히 이무명에게 걸어갔다.

이무명의 앞에 선 정휘지가 낮은 목소리로 말했다.

"대답은 필요 없다. 팽한빈, 그대는 하남정가의 대공자 정인지와 공모한 사실을 인정하는가?"

내공이 담긴 쩌렁쩌렁한 외침에 모두는 눈도 껌뻑이지 않고 대답을 기다렸다.

이무명은 정휘지가 이렇게 인면수심의 인간일 줄은 몰랐었다.

정휘지는 자신의 은인들을 대놓고 무시하고 있었다.

어린 시절, 이무명을 죽을 위기에서 구해 주고 거둬 준 하남정가의 가주.

자신이 절정까지 오르는 데 지원해 준 대공자 정인지.

자신의 검을 알아준 한빈까지.

모두를 농락하고 있는 것이었다.

이무명은 자신의 상황도 잊은 채 외쳤다.

"네 이놈! 어떻게 사람의 탈을 쓰고 그리 모함을 한다는 것이더냐? 대공자께서 너를 어떻게 돌봤더냐? 동생에게 영약이란 영약은 다 양보해서 하남제일검으로 만든 것이 대공자이거늘. 너는 어찌 그 은혜를 배신한다는 것이더냐?"

이무명의 외침에 원로와 각주 들이 조용히 고개를 돌렸다.

그의 말에는 한 치의 거짓도 없었기 때문이다.

하지만, 정휘지는 묘하게 웃음을 지었다.

그 웃음의 끝에 정휘지가 입을 열었다.

"그렇지, 그렇게 자백을 하는구나. 너는 분명 대공자와는 안면이 없을 터, 어찌 그렇게 우리 집안에 대해서 소상히 알고 있는 것이지? 그것이 또한 증거가 아니더냐?"

정휘지의 묘한 언변에 이무명은 숨이 막혔다.

한마디로 자충수였다.

한빈을 연기해야 하는 그였지만, 잠시 이성을 잃고 속마음을 드러낸 것이다.

다시 이무명이 입을 열려 할 때였다.

정휘지가 손을 뻗었다.

뱀처럼 이무명을 향해 날아오는 그의 검지.

픽!

이무명은 눈을 크게 떴다.

정휘지가 더는 말이 필요 없다는 듯, 이무명에게 점혈을 한 것이었다.

마혈을 제압당한 이무명은 눈만 껌뻑였다.

이무명을 가소롭다는 듯 바라보며 피식 웃은 정휘지는 품 속에서 서찰 하나를 꺼냈다.

정휘지의 손에 든 서찰에 모두의 시선이 모이자 그는 얼굴을 굳히며 말을 이었다.

"이 서찰은 대공자와 팽가의 사 공자가 모의했다는 증거가 틀림없습니다. 저는 이곳에 자리하신 점창파의 정창명 대협께 이 문서의 진위를 감정받고자 합니다."

말을 마친 정휘지는 조용히 정창명에게 걸어가 그의 앞에 서찰을 두었다.

서찰을 받은 정창명은 몇 번 쓱 읽어 보더니 고개를 끄덕였다.

"팽가의 사 공자와 하남정가의 대공자가 모의한 정황이 분명하군. 자네도 보게."

정창명은 서찰을 옆에 있는 곤륜파의 이진명에게 쓱 내밀었다.

서찰을 살핀 이진명이 말을 이었다.

"이 필체는 대공자의 필체가 분명한 것 같군요."

"흐음, 나도 그렇게 생각하네. 여기에 청명환을 바꿔치기해서 하남정가 가주님을 해치겠다는 계획이 소상하게 적혀 있군."

정창명과 이진명의 대화에 모두가 웅성대기 시작했다.

"뭐야? 진짜였어?"

"대공자가 왜 가주님을 해친다는 거지? 가만히 있어도 그 자리는 자신에게 넘어올 텐데."

"아니지. 가주님이 얼마나 정정하신데, 자리를 물려줘?"

"그리고 곤륜과 점창의 빈객이 거짓말을 할 리 없잖아."

대문파라는 곤륜과 점창의 고수가 나서서 증언하자 정휘지가 말한 것은 사실로 굳어지고 있었다.

그때였다.

대공자 정인지가 외쳤다.

"이놈! 피를 나눈 형제를 모함하는 것도 모자라 아버님을 해치다니……."

정인지의 말이 끝나기도 전에 정휘지가 나섰다.

"그건 제가 할 말입니다, 형님."

말을 마친 정휘지는 다시 손뼉을 쳤다.

동시에 정휘지가 불러온 의원이 한철 궤를 들고 들어왔다.

모두의 앞에 선 의원이 아무 말 없이 한철 궤를 열자 정휘지가 말했다.

"의원은 보여 주시오."

정휘지가 손짓하자 의원이 한철 궤에 은침을 꽂았다가 뺐다.

그러고는 그 은침을 모두에게 보여 줬다.

모두의 시선은 조그마한 바늘로 모였다.

순간 원로와 각주 들이 다시 웅성대기 시작했다.

"검은색으로 변했군. 그렇다면……."

"은침이 변한 걸 보면 독단이 들어 있던 것이 분명하군."

"서찰에 독단이라……. 증거가 명확해."

그들도 무인이라 그런지 작은 은침의 변화도 바로 알아챘다.

그들의 속삭임에 정인지의 눈이 커졌다.

꼼짝없이 함정에 빠진 것이었다.

정인지의 표정을 본 정휘지가 회심의 미소를 지으며 말했다.

"이제부터 죄인들을 단죄한다!"

말을 마친 정휘지가 검집을 들었다.

휙!

정휘지의 행동에 모두는 숨소리를 죽였다.

그때였다.

누군가 가주전의 옆문을 열고 뛰어 들어오며 외쳤다.

"가주님이! 가주님이!"

빛바랜 청색 의복을 입은 젊은 사내였다.

복장으로 봐서는 하남정가의 하인이 분명했다.

예상했던 결과가 나왔다고 생각한 정휘지가 짐짓 침통한

표정을 지어 보이며 물었다.

"아버님께 무슨 일이 생긴 것이냐?"

청색 의복의 하인이 고개를 들었다.

그런데 그 하인의 표정이 묘했다. 마치 정휘지를 깔보는 듯한 표정이었다.

묘한 표정을 지어 보인 하인이 말을 이었다.

"어떻게 되셨을 것 같습니까?"

갑작스러운 하인의 물음에 정휘지의 눈썹이 꿈틀댔다.

물론 당황한 것은 정휘지만이 아니었다.

일개 하인이 하남정가의 실세에게 저리 장난을 친다는 것은 있을 수 없었다.

각주와 무사 들도 눈이 동그래져서 하인을 바라봤다.

하지만, 정휘지가 가만히 있는데 나설 수도 없었다.

그때 하인이 다시 물었다.

"다시 묻죠. 가주님께서 어떻게 되셨으면 좋겠다고 생각하십니까?"

이 물음은 명백한 도발.

정휘지가 내공을 담아 외쳤다.

"네놈이 진정 죽고 싶은 것이냐! 아무리 철없는 노비라고 하나 이것은 있을 수 없는 일! 가문의 법도에 따라 너를 처리할 것이다."

검집에 손을 얹고 하인에게 다가서는 정휘지.

그가 다가오자 하인이 손을 내밀며 외쳤다.

"말씀드리면 될 것이 아닙니까! 살인 멸구가 웬 말입니까?"

뒷걸음치며 고래고래 소리치는 하인의 모습에 정휘지는 걸음을 멈췄다.

저 하인이 나타나고 나서부터 이상하게 분위기가 흐려지는 모습이었다.

살인 멸구라는 단 한 단어가 가져오는 파장은 컸다.

사람들은 하인이 무슨 중요한 증인이라도 되는 것처럼 바라보며 웅성거리고 있었다.

"저 하인이 뭔가 아는 게 아니야?"

"지금 무슨 일이 일어난 거야?"

"살인 멸구? 대체 뭘 숨기려는 거지?"

난데없는 상황에 모두가 눈을 크게 뜨고 있을 때 대공자 정인지가 다급하게 끼어들었다.

"아버님이 어떻게 되셨다는 말이냐? 말해 보아라."

자신이 언제 죽을지도 모르는 상황에서도 정인지는 아버지인 가주의 안위를 걱정했다.

하인이 아무렇지도 않게 말했다.

"깨어나셨는데요."

"깨어나셔? 그럼 눈을 뜨셨다는 말이더냐?"

"네, 정확히 얘기하자면 병환을 털고 일어나셨다고 하는 표현이 맞습니다. 뭐, 강남 무림 아니 하남정가의 입장에서는 잘된 일이죠."

하인은 무슨 문제냐는 듯 어깨를 으쓱하며 정인지와 정휘지를 번갈아 바라봤다.

물론 하인의 정체는 한빈이었다.

한빈은 심미호의 도움을 받아 의원이 아닌 하인으로 위장하고 있었던 것이다.

한빈은 하남정가의 첫째와 둘째를 번갈아 바라봤다.

첫째인 정인지는 자신의 상황에 아랑곳하지 않고 다행이라는 듯 안도의 한숨을 쉬었다.

그와는 반대로 정휘지는 한빈의 말이 절대 사실이 아니라는 듯 눈을 부라리며 죽일 듯 노려보고 있었다.

"절대 그럴 일은 없어. 네놈은 거짓말을 하고 있는 것이야!"

그 모습에 한빈이 말했다.

"하남정가의 이 공자님, 많이 당황하셨군요."

"뭐, 뭐라? 내가 뭘 당황했다는 말이냐?"

정휘지가 표정을 굳히자 한빈이 고개를 갸웃하며 말했다.

"아버님이 깨어났다고 하면 아들 된 도리로 당연히 좋아하셔야 하는 게 아닌가요?"

"아버님은 중독으로 인해 상태가 더욱 악화되셨다. 그런데 갑자기 깨어나셨다니 있을 수 없는 일이다."

한빈이 보기 좋게 입꼬리를 올렸다.

"중독되신 것을 어떻게 그렇게 빨리 확신하실 수 있죠?"

"청명환을 먹고 저리되셨으니 당연하지."

"저기 있는 팽 공자가 청명환을 전달하고 나서 눈 깜짝할 사이에 중독이 되었습니다. 맞죠?"

"그렇다."

"그렇다면, 가장 먼저 의심해야 할 사람은 약을 쓴 의원이 아닙니까?"

"그게 무슨 말이냐?"

"의원이 청명환을 바꿔치기할 수도 있지 않습니까?"

"그런 일은 있을 수 없다."

"한철 궤에서 청명환을 꺼내는 것을 본 사람이 있습니까?"

"그야 당연히 치료를 위해 의원이 꺼냈겠지."

"저 같으면 이런 일을 벌이기 전에 의원의 손모가지부터 잘랐을 겁니다. 솔직히 정 공자님이 의원을 믿는 것도 순전히 본인의 입장 아닙니까?"

한빈이 고개를 돌려 힐끔 의원을 바라봤다.

의원이 눈을 크게 뜨고 뒷걸음쳤다.

그 모습에 한빈이 외쳤다.

"보세요! 뭔가 찔리는 게 있으니 저리 도망치죠. 의원은 믿고 팽가의 사 공자는 못 믿는다는 말씀입니까?"

"……."

정휘지는 한빈의 질문에 답하지 않고 눈썹만 꿈틀댔다.

그 모습에 한빈이 피식 웃으며 다시 물었다.

"의원은 믿고 형제는 못 믿는다는 말씀입니까?"

한빈의 지적은 타당성이 있었다.

한빈은 좌중을 돌아보며 계속 외쳤다.

"중독에 대한 증거는 의원과 정휘지의 증언이 유일합니다!"

그 모습에 정휘지가 다급하게 답했다.

"다른 증거가……."

한빈이 그의 말을 바로 끊었다.

"그 다른 증거라는 것은 확실한 증거입니까?"

정휘지는 눈을 가늘게 뜨고 한빈을 바라봤다.

복장은 분명 하인이 맞았다.

그런데 자신의 기세에 눌리지 않고 살살 약을 올리며 대화를 이끌어 나가는 것이 보통 인물이 아니었다.

정휘지는 힐끔 정인지를 바라봤다.

아무래도 자신만 함정을 판 것이 아닌 것 같았다.

정체불명의 하인은 정인지의 사람이라 확신했다.

하지만, 그의 아비인 가주 정무룡이 자리에서 일어날 일은 없었다.

그를 그렇게 만든 것이 바로 정휘지였으니 말이다.

그는 몇 달 전 아비 정무룡에게 백독곡에서 채집했다는 영초를 복용시켰다.

세상에는 영초로 알려졌지만, 몇 가지 약초를 섞으면 독성을 띠는 약재로 변했다.

그러니 어떤 의원이 와도 고칠 수 없는 병이었다.

물론 최고 영단이라 불리는 청명환을 복용한다면 어느 정도 회복할 가능성도 있었다.

하지만, 정무룡이 복용한 청명환은 분명 가짜였다.

하북팽가에서 보내올 때부터 가짜였으니 말이다.

이것은 정화 부인과 정휘지가 사전에 약속한 것이었다.

운이 좋게 하북팽가의 사 공자가 하남정가에 도착한다고 해도 자신이 파 놓은 함정에 빠질 수밖에 없었다.

즉, 어찌 되었든 하북팽가의 사 공자와 하남정가의 대공자는 이곳에서 죽어야 했다.

그런데 변수가 생겼다라?

그 변수는 가주 정무룡이 자리에서 일어났다는 것이다.

있을 수도 없고 있어서도 안 되는 일이었다.

저 하인 복장을 한 사내가 거짓을 고한 것이 분명했다.

하인 복장의 사내는 대공자 정인지가 심어 놓은 첩자가 분명하다고 정휘지는 생각했다.

그는 일단 상황을 수습하기로 했다.

정휘지는 힐끔 점창파의 정창명을 바라봤다.

거대 문파의 힘을 빌리기로 한 것이다.

눈이 마주친 정창명이 고개를 끄덕이자 정휘지가 말을 이었다.

"증거에 대해서 점창파와 곤륜파를 대표하는 두 고수가 인정했거늘 그걸 부정할 자가 누가 있다는 말이더냐?"

정휘지의 말이 끝나자 정창명이 내공을 실어 외쳤다.

"하인 주제에 대문파인 우리 점창파를 모독하는 것이더냐!"

점창이라는 이름으로 누르려는 것이었다.

그의 외침에 정휘지는 슬쩍 입꼬리를 올렸다.

물론 나머지 사람들은 그대로 굳었다.

쩌렁쩌렁한 그의 외침에 정휘지와 관계없는 좌중은 긴장한 것이다.

누군가 조용한 목소리로 말했다.

"저 하인의 목이 남아 있다는 것이 신기하네."

"이제 곧 떨어지겠지. 쯧."

모두가 혀를 차고 있을 때 한빈이 다시 말을 이었다.

"그럼 저도 다른 구파일방 중 한 곳에 서찰의 진위에 대해 물어보겠습니다."

그 말에 여기저기서 헛웃음이 튀어나왔다.

누군가가 말했다.

"설마 했는데, 미친놈이었잖아."

"그러게 말이야."

"그러면 대공자하고 팽가의 공자가 공모한 게 맞는 거야?"

"그건 또 다른 문제지. 그런데 저 하인 놈은 미친 게 확실해. 자기가 뭔데 구파일방한테 물어봐."

"하하, 그러게 말이야."

사람들이 웅성거리자 정휘지와 관계된 모든 이는 동시에 입꼬리를 올렸다.

정창명도 허탈하게 웃으며 말을 이었다.

"허허, 하인 주제에 어찌 구파일방을 논한다는 것이더냐?"

말을 마친 정창명은 한빈을 바라봤다.

하지만, 그가 진짜 한빈이라는 것은 눈치채지 못했다.

하북팽가의 사 공자로 생각되는 이무명이 한빈 대신 붉은 무복을 입고 제압당한 채 앉아 있으니, 하인이 한빈이라고는 추호도 생각하지 못했다.

모두의 시선을 받은 한빈이 피식 웃으며 손가락을 튕겼다.

딱!

갑작스러운 한빈의 행동에 모두는 고개를 갸웃했다.

모두가 호기심 어린 눈으로 한빈을 바라볼 때 뒤쪽에서 가주전의 입구가 열렸다.

덜컹!

세차게 문이 열리고 뒤쪽에서 비추는 햇볕이 긴 그림자를 만들어 냈다.

긴 그림자를 따라 모두의 시선이 움직였다.

그곳에서는 무사 하나가 천천히 걸어오고 있었다.

화려한 검을 허리에 차고 여유 있게 걸어오는 그는 남들에게 보이려는 듯 소매를 펄럭였다.

그 소매에는 매화 문양이 선명했다.

누군가 그를 보며 낮게 외쳤다.

"화산파다!"

"화산파의 매화검수?"

그들의 외침에 곤륜의 이진명은 눈을 가늘게 떴다.

지금 가주전에 들어온 자는 그도 익히 아는 얼굴이기 때문이다.

그는 주위의 양해도 구하지 않고 곤륜의 이진명 앞에 섰다.

그가 정중히 포권했다.

"이진명 대협, 오랜만입니다."

"허, 서재오 대협이 여긴 무슨 일이십니까?"

이진명도 놀라 마주 포권했다.

지금 이곳에 나타난 화산파의 검객은 다름 아닌 화산파의 매화검수 서재오였다.

이진명은 눈을 가늘게 뜨며 머리를 굴렸다.

과연 아군일까? 적군일까?

이진명은 서재오가 아군에 가깝다 생각했다.

그는 하북팽가의 사 공자에게 원한이 있으니까 말이다.

그러니 서재오는 반드시 자신들과 뜻을 함께할 것이라 생각했다.

하지만, 이진명의 기대는 서재오의 다음 말에 무너졌다.

"제가 이 필체를 보니 위조의 가능성이 있군요. 그리고 구파일방이라는 거대한 문파가 언제부터 남의 가문의 행사에 간섭했습니까? 저희 화산파도 이런 일에 나선 적은 없습니다."

따끔한 일침에 이진명의 입술이 살짝 떨렸다.

곤륜과 점창이 화산 앞에서 당당할 수 있던가?

구파일방에 정확한 서열은 없지만, 화산을 힘으로 누르기에는 점창과 곤륜이라는 이름으로는 조금 부족했다.

게다가 화산의 제자 서재오가 외친 강호의 도리는 논리에도 맞았다.

이진명으로서는 반박할 논리도 힘도 없는 것이다.

서재오도 지금의 일이 내키는 것은 아니었다.

하지만, 자신의 검과 매화 패를 받기 위해서는 한빈의 말에 따라야 했다.

사실 이 필체가 누구의 것인지 이진명이 어떻게 알겠는가?

지금 그에게 중요한 것은 이번 일이 잘 끝나면 매화 패를 돌려받을 수 있으리라는 사실뿐이었다.

서재오에게 이 집안에서 일어나는 일 따위는 안중에도 없었다.

다만, 돌려받을 매화 패를 생각하자 저절로 웃음이 나왔다.

그 모습에 곤륜의 이진명이 낮게 읊조렸다.

"미쳤군, 미쳤어."

난데없는 상황에 정휘지는 뭔가 일이 잘못되었음을 느끼고 품속에서 가주 패를 꺼내 들었다.

가주 패를 높이 쳐든 정휘지가 외쳤다.

"하남정가의 무사들은 가주의 명을 받들라!"

가주 패의 절대적인 권위 앞에 하남정가 무사들이 동시에 검으로 바닥을 찍으며 한쪽 무릎을 꿇었다.

쿵! 쿵!

가장 앞에 선 무사가 각 잡힌 목소리로 말했다.

"명을 내리십시오!"

그 모습에 정휘지가 외쳤다.

"하남정가의 역적들을 모두 처단하라!"

무사들이 검을 빼 들었다.

스릉! 스릉!

무사들이 일사불란하게 조를 나누어 각자 맡은 인물을 처단하기 위해 다가갔다.

한쪽은 한빈으로 변장한 이무명 쪽으로.

한쪽은 대공자 정인지 쪽으로.

가주전에는 언제 피가 튀어도 이상하지 않을 정도로 긴장감이 맴돌았다.

정휘지가 서재오와 이진명 그리고 정창명을 바라보며 말을 이었다.

"이제 외부인은 나가 주시죠. 저희 가문의 일은 저희가 알아서 처리하겠습니다."

서재오가 눈을 가늘게 떴다.

"흠."

그가 한빈에게 부탁받은 것은 딱 여기까지였다.

이제 죽이 되든 밥이 되든 그와는 관계없었다.

서재오가 이진명과 정창명을 바라보며 말했다.

"우리는 이만 퇴장하는 게 좋겠습니다."

"자네 말이 맞네."

정창명이 고개를 끄덕이며 서재오의 뒤를 따랐다.

이제는 증인이 될 외부인은 모두 사라진 상태.

정휘지는 자신의 형인 대공자 정인지를 바라봤다.

"차마 제 손으로 직접 처리하지는 못하겠습니다."

말을 마친 정휘지는 슬쩍 턱짓했다.

정휘지의 지시에 하남정가의 무사 하나가 정인지의 목덜미를 향해 검을 날렸다.

검 끝을 본 정인지는 눈을 감는 대신 고개를 돌려 태사의를 바라봤다.

저것이 뭐길래?

생각해 보면 정휘지의 계획은 너무나도 치밀했다.

아니 치밀한 계획이 놀라운 것이 아니라 핏줄을 제거하고 태사의에 오르려는 야망이 무서웠다.

죽음을 앞둔 그의 머릿속에는 지금까지의 일이 주마등처럼 스쳐 지나갔다.

정인지는 하남정가에 욕심이 없었다.

동생이 하남제일검으로 자라나 강남 오대세가를 아우르기를 바랐다.

그 원대한 계획을 위해서는 정인지가 하남정가에 집중해야 했다.

자신이 하남정가를 지키고 있으면 동생 정휘지가 언젠가는 정의맹의 맹주 자리를 차지할 것이라 생각했다.

그래서 모든 영약을 동생에게 양보했었다.

동생의 수련을 위해서 어떤 일도 맡기지 않았다.

동생 정휘지가 하남제일검으로 커 나가는 데 조금의 소홀함이 없도록 도왔다.

그런데, 동생이 자신을 죽이려 한다고?

순간 검 끝이 자신의 목 한 치 앞에 다다른 것이 보였다.

정인지는 조용히 눈을 감았다.

그때였다.

팅!

검이 튕기는 소리가 들렸다.

무사는 손이 얼얼한지 뒤쪽으로 한 발짝 물러서 상대를 바라봤다.

그곳에는 하인 복장을 한 한빈이 웃고 있었다.

무사는 그 모습에 뒤로 한 발짝 더 물러났다.

한빈에게 묘한 기세를 느꼈기 때문이었다.

정휘지는 일이 틀어졌음을 눈치채고 재빨리 다른 무사에게 말했다.

"팽가의 사 공자를 죽여라!"

말을 마친 정휘지가 눈을 크게 떴다.

팽가의 사 공자 곁에 있던 무사들이 그 자리에서 쓰러졌기 때문이다.

털썩!

마치 부러진 수수깡처럼 옆으로 꺾인 채로 쓰러졌다.

쓰러진 무사의 뒤쪽에는 여자아이가 천진난만한 모습으로 웃고 있었다.

점혈이 풀린 이무명도 쓰러진 무사에게 검을 빼앗아 들고 있었다.

난데없는 상황에 정휘지는 다시 가주 패를 높이 들고 소리쳤다.

"당황하지 말고 여기 있는 적들을 이 자리에서 지운다!"

무사들이 점점 이무명과 설화를 보며 포위망을 좁힐 때였다.

정체불명의 사자후가 가주전을 뒤덮었다.

"이놈들!"

강력한 내공이 담긴 사자후 같은 외침에 무사들은 행동을 멈추고 고개를 돌렸다.

무사들의 눈이 커졌다.

그 소리는 가주전의 옆문에서 들려왔다.

무사들이 그곳을 보고 있을 때였다.

드르륵.

바퀴 달린 의자가 천천히 모습을 드러냈다.

"헉!"

"저, 저분은……."

하남정가 무사들은 말을 잇지 못했다.

나무 바퀴가 멈추자 의자에 앉은 사람의 얼굴을 확인할 수 있었던 것이다.

그곳에는 하남정가의 가주 정무룡이 앉아 있었다.

비록 의자에서 일어나지 못하고 있었지만, 그는 분명 가주 정무룡이 맞았다.

가주 정무룡이 얼음장처럼 차가운 얼굴로 내부를 훑어보고 있었다.

아파서 핏기가 없는 것이 아니라, 누가 봐도 화난 모습이었다.

가주 정무룡이 다시 외쳤다.

"모두 검을 내려놓거라!"

분위기는 눈보라가 치는 것같이 무거워졌다.

하남정가 무사들이 멈칫했다.

그때 반대쪽에서 정휘지가 외쳤다.

"저것은 가짜다! 모두 가주 패와 내 명에 따라라!"

정휘지는 손에 잡은 가주 패를 치켜들었다.

순간 하남정가 무사들은 가주 패와 가주 정무룡을 번갈아 바라봤다.

그때 누군가가 말했다.

"아침까지 누워 있던 가주님이 깨어나실 리가 없지. 저놈은 가짜다!"

그 무사의 외침에 분위기는 정휘지 쪽으로 넘어왔다.

하남정가 무사들이 기세 좋게 다시 검을 잡았다.

그 모습에 정휘지는 회심의 미소를 지었다.

지금 외친 자는 자신의 오른팔이었다.

이곳의 무사들은 모두 가주 직속 무력대였다.

가주의 직속부대 중 반은 자신의 사람이고 반은 낭인 시장에서 고용한 실력 좋은 무사들이었다.

방해꾼들도 모두 밖으로 사라졌으니 이곳의 절대자는 자신이었다.

정휘지는 힐끔 자신의 아비인 가주 정무룡을 바라봤다.

가주인 아버지가 등장했다는 자체가 놀랍긴 했지만, 지금 목소리로 봐서는 회복을 못 한 것이 분명했다.

정휘지는 하남정가 무사들을 향해 다시 외쳤다.

"신속히 처리하라! 저 가짜도 같이 처리하라!"

이제는 자신의 아비까지 죽이라 명하는 정휘지.

그를 보고 있던 하남정가의 가주 정무룡은 조용히 눈을 감았다.

삶을 포기하는 것일까?

아니면 어떤 결단을 내리려는 것일까?

그 모습을 바라보던 한빈이 기분 좋게 손가락을 튕겼다.

딱!

그와 동시에 이상한 일이 일어났다.

한빈과 정인지 그리고 가주 정무룡을 향하던 무사들이 멈칫한 것이었다.

그들의 행동은 마치 최면에 걸린 것과도 같았다.

이상한 행동에 정휘지가 다시 외쳤다.

"대체 빨리 처리하지 않고 무엇 하는 것이냐! 가주 패의 명에 모두 따라……."

정휘지는 말을 잇지 못했다.

자세히 보니 무사의 반이 동료의 목에 검을 겨누고 있었다.

정인지와 가주를 처단하려고 걸어가던 무사들이 동료에게 제압당한 것이다.

정휘지의 눈이 커졌다.

지금 이 광경을 믿을 수 없었다.

지금 검을 겨누고 동료를 제압하고 있는 무사들은 자신이 직접 뽑은 낭인 무사들이었다.

대공자 정인지를 따르는 무사들은 임무를 핑계로 다른 곳으로 보내 버렸다.

부족한 무사들은 하남 낭인 시장에서 돈을 주고 고용했다.

정휘지는 오히려 기존에 데리고 있던 자들보다 낭인으로

고용한 무사들을 더 믿었다.

사람을 따르는 것이 아닌 돈을 따르는 낭인들이었기에, 돈만 제때 준다면 배신당할 것이라는 가능성을 염두에 두지 않았다.

순식간에 하남정가 무사들을 제압한 자들이 어딘가를 바라보며 외쳤다.

"모두 처리했습니다, 부대주!"

정휘지도 그곳으로 시선을 돌렸다.

그들이 바라보고 있는 곳은 가주 정무룡을 부축하고 있는 무사 쪽이었다.

"헉!"

정휘지가 놀라움에 탄성을 질렀다.

정무룡을 부축하고 있는 무사는 다름 아닌 해남사우였다.

낭인 중에서도 더 웃돈을 주고 가주전의 호위를 맡긴 그 무인 말이다.

"대, 대체 왜?"

떨리는 정휘지의 목소리에 심미호가 한 발 나서며 말했다.

"우리는 더 큰돈에 충성하거든요. 그까짓 푼돈은 안 먹혀요."

사실 반은 진심이었다.

정휘지가 준 돈보다 한빈의 대우가 좋았으니 말이다.

그때 누군가가 심미호의 어깨를 토닥였다.

"잘했어, 부대주."

"별말씀을요, 대주님."

그들의 대화로 봐서 어딘가의 무력 단체가 분명했다.

낭인 시장에 잠입해서 자신의 일을 방해한 무력 단체라?

대공자 정인지가 비밀 세력을 키우고 있었다는 말인가?

이것은 정휘지로서는 상상도 못 한 결과였다.

정휘지는 검을 잡은 손을 부르르 떨었다.

그러고는 주변을 살폈다.

혼자 죽을 수는 없다고 생각해서였다.

정휘지의 시선이 한 곳에 꽂혔다.

그것은 당연히 하인 복장을 한 한빈이었다.

"너만은 내 손으로 죽인다."

정휘지의 검에서 푸른 검기가 피어났다.

스멀거리며 피어오르는 검기.

그것은 초절정 최상급에서나 보일 수 있는 무위였다.

파팍!

정휘지가 한빈을 향해 일직선으로 달려들었다.

순간 한빈의 신형이 사라졌다.

사사삭.

정휘지의 검이 한빈이 있던 자리를 갈랐다.

휘리릭!

한빈의 뒤쪽에 있던 휘장이 정휘지가 내뿜는 검기에 반으로 잘렸다.

너무나도 순식간에 일어난 일에 모두가 눈을 크게 떴다.

다른 이들의 눈에는 한빈이 사라지는 장면은 보이지도 않았다.

그들은 한빈이 반으로 갈라진 휘장 아래 쓰러져 있을 것이라 생각했다.

오죽했으면 한빈으로 변장하고 있는 이무명마저 비명을 질렀을까?

"악! 주군!"

이무명은 자신이 변장하고 있다는 것을 잊은 채 한빈을 불렀다.

그때 옆에 있는 설화가 이무명의 옆구리를 콕콕 찔렀다.

"아저씨, 왜 그렇게 놀라요? 이형환위 처음 봐요?"

이무명이 눈을 크게 뜨고 주변을 바라봤다.

정휘지의 주변에는 아무것도 보이지 않았다.

한빈이 있을 곳이라고는 반으로 갈라져 바닥에 내팽개쳐져 있는 휘장 아래밖에는 없었다.

놀라던 이무명이 설화에게 물었다.

"이, 이형환위라고?"

"뭐, 그게 중요한 게 아니고요."

"대체 무슨 말을 하고 싶은 것이냐? 설화야."

"공자님의 마지막 표정 보셨어요?"

"무슨 표정?"

"음흉한 표정이요."

이무명은 놀람도 잊은 채 설화를 멍하니 바라봤다.

절체절명의 위기에 빠진 주군 한빈이었다.

자신은 그 놀람에 한빈의 표정까지 볼 생각은 못 했다.

아니, 한빈이 정휘지의 검을 피했다는 것조차 몰랐는데…….

의문이 쌓이자 이무명이 다시 물었다.

"설화야, 진짜 주군의 표정을 봤단 말이냐?"

"원래 표정을 눈으로 보는 게 아니라 마음으로 보는 거잖아요."

설화가 웃었다.

그 웃음에 세차게 뛰던 이무명의 가슴도 천천히 정상으로 돌아왔다.

이무명과 다른 무사들이 정휘지가 벤 휘장을 바라보고 있을 때였다.

가장 놀라고 있던 것은 정휘지였다.

하남제일검이라 자신하던 그였다.

그런데 지금 손끝에 느껴졌던 감각은 묘했다.

살짝 스친 느낌이었다.

자신의 검이 닿기 전에 정체불명의 하인은 몸을 빼내었다.

그렇다면 그는 어디에 있을까?

그리고 그는 과연 누굴까?

하지만, 지금은 의문을 떠올릴 때가 아니었다.

정체불명의 괴인을 처리하는 것이 먼저였다.

마음을 다스리며 기감을 끌어올린 정휘지의 감각에 괴인의 기척이 잡혔다.

동시에 정휘지는 뒤로 몸을 돌리며 검을 그었다.

하남일쾌!

쾌검을 중시하는 하남정가의 가장 기본적인 검법이었다.

하지만, 정휘지가 쓰는 하남일쾌는 다른 이들의 눈에 보이지 않을 정도로 빨랐다.

이것은 하남정가가 추구하는 궁극의 빠른 검.

그것을 정휘지가 구현하고 있는 것이었다.

스윽!

정휘지가 눈을 가늘게 떴다.

이번에도 손에서 느껴지는 감각이 없었기 때문이다.

그때였다.

옆구리에서 따끔한 통증이 느껴졌다.

뭐지?

정휘지는 자신의 옆구리를 바라봤다.

그곳에는 단검 한 자루가 박혀 있었다.

그때 멀리서 목소리가 들렸다.

시선을 돌려 보니 하인 복장을 한 괴인이 자신의 아비인 가주 정무룡의 옆에서 미소 짓고 있었다.

정휘지의 옆구리에 단검을 꽂아 넣고 뒤로 물러난 한빈은 만족스러운 표정으로 허공을 바라보고 있었다.

[용안(龍眼)으로 초식을 확인합니다.]
[인급(人級) 구결 신(身)을 획득하셨습니다.]
[인급(人級) – 살(殺), 신(身)]

구결을 확인한 한빈이 낮게 읊조렸다.
"역시 내 눈은 틀리지 않았어. 왕거니가 맞았군."
이건 진심이었다.
정휘지의 몸에는 아직도 구결을 나타내는 점이 남아 있었다.
어쩌면…….
오늘 하나 남은 인급 초식을 완성할 수 있을지도 몰랐다.
의미심장한 한빈의 말에 옆에서 듣고 있던 정무룡이 눈을 크게 떴다.
"대체 그게 무슨 말입니까? 대협."
놀란 듯한 정무룡의 목소리에 한빈은 그제야 그를 바라봤다.

"아, 가주님. 죄송합니다, 의미 없는 넋두리였습니다."

"그렇군요."

"그럼 저자를 어떻게 처리해 드릴까요?"

"둘째의 처리라면 대협의 뜻대로……."

정무룡의 말이 끝나기 전에 한빈이 물었다.

"저는 하남정가의 가칙을 묻고 있는 것입니다."

말을 마친 한빈은 진지한 표정으로 가주 정무룡을 바라봤
다.

이미 정휘지에 대한 처리는 자신이 맡기로 했다.

하지만, 정도라는 것이 있다.

한빈은 자신의 마음대로 요리할 테지만, 그래도 가칙의 범
위를 벗어나고 싶지는 않았다.

"……."

한빈의 질문을 받은 가주 정무룡이 아무 말 없이 고개를
돌렸다.

그곳에는 형을 함정에 빠뜨리고 자신을 죽여 가주 자리를
찬탈하려던 정휘지가 있었다.

자신의 둘째 아들을 매섭게 바라보던 정무룡이 의자에서
일어났다.

병색이 완연해 보였던 정무룡이 자리에서 일어나는 모습
은 누구도 예상하지 못했다.

정무룡이 건재하다라?

이것은 판세가 완전히 바뀌었음을 뜻했다.

그때까지 멀찌감치 떨어져 조용히 난장판을 바라보던 원로와 각주 들이 어깨를 움찔했다.

정휘지가 가짜라 했던 말을 반신반의했던 그들이었다.

잠시 눈알을 굴리던 그들은 곧 가주 정무룡을 향해 포권했다.

"가주님, 쾌차를 축하드립니다!"

"가주님……."

명백한 태세 전환.

동시에 낭인으로 위장한 맹호사대에게 제압당한 하남정가 무사들도 병기를 떨어뜨렸다.

쨍그랑!

쨍그랑!

이제는 싸울 명분이 없어진 것이다.

검신이 바닥에 부딪히며 내는 소리가 한여름 소나기처럼 울렸다.

그 울림에 정휘지는 바로 반응했다.

정체불명의 하인이 가장 문제였다.

아무리 생각해도 하인의 정체를 알 수 없었다.

이제는 자리를 피하는 것이 최선이라 생각한 정휘지는 주변을 둘러보며 서서히 뒷걸음쳤다.

그때 가주 정무룡이 외쳤다.

"가주를 능멸한 자, 가문을 배반한 자, 형제를 해한 자는!"

정무룡이 잠시 말을 끊으며 시선을 한빈에게 돌렸다.

그는 한빈에게 작게 포권하며 말을 이었다.

"사지 근맥을 자르고 뇌옥에 가두는 것이 가칙입니다. 그런 자에게는 죽음도 사치지요. 차마 제 아들에게 손을 쓰지는 못하겠으니 처리는 대협에게 맡기겠습니다."

"받아들이겠습니다. 그런데 이번 부탁까지 하면 세 가지 빚을 지신 겁니다, 가주님."

"알겠습니다. 그리하도록 하죠."

정무룡이 고개를 끄덕였다.

그 모습에 정휘지가 천천히 뒷걸음치다가 설화에게 달려갔다.

정휘지의 움직임은 실로 민첩했다. 눈 깜짝할 사이에 설화의 뒤에 선 정휘지가 외쳤다.

"더 이상 가까이 오면 이 아이의 목을 베겠다!"

그 외침에 한빈이 다급하게 외쳤다.

"설화야!"

누가 봐도 설화를 걱정하는 모습.

하지만 한빈이 걱정하는 이유는 전혀 달랐다.

설화가 구결을 나타내는 요혈을 훼손할까 두려워서였다.

다급하게 달려오는 한빈을 본 정휘지가 회심의 미소를 지었다.

"역시 약점이……."

정휘지는 말을 잇지 못했다.

아까 한빈에게 당했던 옆구리의 반대쪽이 뜨끔했기 때문이다.

옆구리에서 이상하게 따뜻한 기운이 느껴졌다.

슬쩍 옆구리를 봤더니 단검이 하나 더 박혀 있었다.

그의 흰 무복에 뻘건 피가 스며들었다.

"이런 제길!"

정휘지는 이를 악물었다.

그러고는 설화를 베려 손아귀에 힘을 주었다.

"이게 대체……."

정휘지의 눈이 커졌다.

잡아 두었던 설화가 자신의 손아귀를 빠져나갔기 때문이었다.

그때 정휘지의 앞에 다가온 한빈이 말했다.

"설화야, 내 물건은 건들지 말라고 했지?"

"죄송해요."

설화가 멀찌감치 떨어진 곳에서 손을 내저었다.

그 모습에 한빈이 피식 웃으며 정휘지에게 다가갔다.

한빈은 정휘지의 옆구리에 박힌 단검을 바라봤다.

아직까지는 한빈의 계획대로였다.

정휘지의 무위는 초절정 최상급으로 화경을 앞두고 있는

상태였다.

즉, 그냥 붙기에는 다소 부담스러운 상대라는 말이었다.

잔혈마도를 해치울 때에는 쾌검난마의 힘이 절대적이었다.

정파인 정휘지에게 쾌검난마가 통할 리가 없었기에 한빈은 그의 힘을 조금 빼놓았다.

정정당당한 승부?

그건 정휘지에게는 과분하다 생각하는 한빈이었다.

한빈이 다가서자 정휘지가 외쳤다.

"대체 뭐 하는 놈이길래 하남정가의 행사에 끼어든다는 말이냐!"

"하남정가의 일에 끼어든 것은 너고!"

"뭐라?"

"너 방금 파문당했거든. 족보에 네 이름은 없어. 한마디로 이제 정씨 성을 쓸 수 없다는 거지."

한빈이 뒤도 돌아보지 않고 엄지로 뒤쪽을 가리켰다.

그곳에서는 가주 정무룡이 얼음장같이 차가운 얼굴로 고개를 끄덕이고 있었다.

정무룡은 깨어나서 사태를 파악한 뒤 정휘지와 관계된 모든 이를 가문에서 파문하기로 했다.

물론 하북팽가에서 잔뜩 꿈에 부풀어 있던 정화 부인도 벌써 파문당한 상태였다.

정휘지와 정화 부인은 이제 하남정가의 적이면서 정파의 적이 될 수밖에 없었다.

정휘지의 표정이 흉신악살처럼 일그러졌다.

"다른 사람은 몰라도 너만은 내 손으로 죽인다."

말을 마친 정휘지가 품속에서 단약을 꺼냈다.

그 모습에 한빈이 고개를 갸웃했다.

'저게 영약은 아닐테고……'

불길한 모습에 한빈이 재빨리 일촉즉발의 수법으로 검을 뽑었다.

파박!

이제는 정휘지의 목덜미까지 한 치 앞.

그때였다.

정휘지의 앞에 거대한 기막이 펼쳐졌다.

동시에 한빈의 검이 튕겨 나갔다.

팡!

충돌음에 모두가 눈을 크게 떴다.

한빈은 정휘지가 삼킨 단약의 정체를 곧 깨달았다.

한빈은 뒤로 물러나 낮은 목소리로 말했다.

"넌 지금 최악의 선택을 했어."

"네놈을 죽일 수 있다면 최악의 선택은 아니지."

"그렇다고 한월단을 삼켜?"

한월단은 빙공을 나타내는 한(寒)과 일취월장(日就月將)이란 말에서 월을 따 만든 이름이었다.

단약 하나면 눈 깜짝할 사이에 공력을 일취월장시킨다.

문제는 그다음이다.

한월단은 선천지기마저 모두 빨아들여 잠재력을 폭발시킨다.

선천지기를 모두 소모한 무사는 어떻게 될까?

한월단의 효과가 끝나면 그 음기를 주체하지 못하고 장기가 얼어 버리기 마련이었다.

십중팔구 폐인이 된다는 말이었다.

지금 정휘지는 동귀어진의 수법을 선택한 것이다.

정휘지가 비릿한 웃음을 지었다.

"네놈의 식견이 대단하구나. 한월단을 알다니!"

정휘지의 외침에 장내가 술렁이기 시작했다.

정휘지의 모습이 심상치 않았기 때문이다.

"휴!"

심호흡하는 정휘지의 입가에는 서릿발처럼 차가운 한기가 감돌기 시작했다.

심호흡 한 번 하자, 장내가 얼어붙을 것 같은 기세에 휩싸였다.

정휘지의 옆구리에 박혔던 단검이 스르륵 밀려 나왔다.

툭! 툭!

바닥에 구르는 단검.

하지만, 정휘지의 옆구리에 상처는 보이지 않았다.

정휘지가 한기로 흘러나오는 피를 제어한 것이다.

그 모습에 가주 정무룡이 외쳤다.

"대협! 피하시오!"

그의 외침에 한빈이 말했다.

"저는 괜찮습니다. 신경 쓰지 마시지요."

한빈은 아무렇지 않게 정휘지에게 집중하며 용린검법의 응용편과 융합편의 구결을 운용했다.

'전광석화.'

'구결십팔보.'

순간 한빈의 스르륵 사라졌다.

물론 사라진 것이 아니라 너무 빨라 사라진 것처럼 보인 것이다.

그의 움직임을 볼 수 있는 것은 하남정가의 몇몇 고수와 설화밖에 없었다.

설화는 한빈의 움직임에 혀를 찼다.

"참, 어떻게 저리……."

"너는 주군의 움직임이 보인다는 말이냐?"

이무명이 놀라 묻자 설화가 답했다.

"살짝 보여요. 그런데 저 공격을 막을 수는 없을 것 같아요."

"그럼 주군이 이길 수는 있을 것 같으냐?"

"아니요, 이길 수는 없을 거예요."

"그럼 주군이 위험하지 않느냐? 우리가 빨리……."

"걱정하지 마세요. 지지도 않을 거니까요."

"허……."

이무명이 긴 탄성을 흘렸다.

이무명이 아무 말 못 하고 눈을 크게 뜨며 한빈의 모습을 찾기 위해 노력하고 있을 때였다.

멀리 떨어져 한빈과 정휘지의 혈투를 바라보고 있는 하남 정가의 가주 정무룡은 한숨을 내쉬었다.

"저 나이에 저런 방법을 쓰다니……!"

알 수 없는 정무룡의 말에, 풀려난 정인지가 다가와 물었다.

"아버님, 그게 무슨 말씀인지요?"

"북쪽에서 한풍이 불어오니 모든 것을 얼리는구나. 하지만, 푸른 구름이 한풍을 감싸니 봄날이라도 봄날! 이제 세대가 바뀌었어."

가주 정무룡이 시를 읊듯 혼잣말을 내뱉자 정인지가 눈을 크게 뜨며 물었다.

"그게 무슨 말씀입니까? 아버님, 저 대협은 대체 누구고요?"

"허허, 대지를 얼게 할 한풍을 저리 잠재우니 청운사신(靑雲死神)이라 할 수밖에 없구나!"

"청운사신이라고요?"

정인지는 고개를 돌려 한빈을 바라봤다.

그의 눈에 얼핏 보이는 것은 한빈의 푸른 의복이었다.

그것은 진짜 푸른 구름처럼 보였다.

한기를 감싸는 푸른 구름이라?

그의 아버지인 정무룡이 말한 청운사신이란 표현이 딱 들어맞았다.

그들의 대화에 하남정가의 원로와 각주 들이 조용히 말했다.

"청운사신이라?"

"처음 들어 보는 이름이군."

"강호에는 기인이사(奇人異士)가 셀 수 없이 많다고 하지 않나. 청운사신도 그중 하나인 것이지."

"허허, 아무리 그래도 저런 고수가 어찌 지금까지 이름이 알려지지 않았단 말인가? 내 오늘 안목을 넓혔네."

그들은 정휘지가 일으킨 반란은 안중에도 없었다.

지금만큼은 한 명의 무인일 뿐이었다.

그들은 한빈과 정휘지의 결투에 푹 빠져 모든 것을 잊고 있었던 것이다.

그때 누군가가 말했다.

"그런데 청운사신이 이길 수 있을까? 아직 정휘지는 건재하잖아."

"그러게, 가주님이 말씀하신 것을 보면 분명 유리한 것은 청운사신인데……."

하인으로 위장한 한빈의 별호가 청운사신으로 굳어지며, 뜻하지 않게 한빈이 정파의 대표적인 기인으로 자리 잡는 순간이었다.

그들의 외침에는 아랑곳하지 않고 가주전의 여기저기서 병기 부딪치는 소리가 들렸다.

챙! 챙!

합이 거듭될수록 득의만만했던 정휘지의 표정이 일그러졌다.

그에 반해 한빈의 입꼬리는 점점 올라갔다.

이건 어떻게 된 일일까?

한빈의 작전은 간단했다.

강맹한 정휘지의 기세에 그대로 부딪칠 필요는 없다.

적이 가장 강할 때 머리를 들이미는 것은 하책.

굳이 정휘지가 벌리고 있는 아가리에 머리를 들이밀 필요는 없었다.

즉, 한월단의 효과가 끝나는 시점에서 필요한 구결을 캐내면 그만이었다.

한월단의 효과가 얼마나 지속될까?

그것은 길어야 반 시진일 것이다.

그 시간이 지난다면?

한빈은 미소를 지으며 구름처럼 정휘지의 주변을 맴돌았다.

한빈의 모습에 정휘지가 검을 멈췄다.

가주전 내부는 시간이 멈춘 것처럼 고요해졌다.

한빈을 바라보던 정휘지가 외쳤다.

"이런 비겁한 놈! 사내라면 내 검을 피하지 말아라!"

"어떻게 알았어?"

"뭐를 말이냐?"

"내가 비겁한 거 말이야. 비겁하든 당당하든 관계없어. 네 사지 근맥만 자르면 그만이거든. 내가 왜 네 장단에 손을 맞춰야 하는데?"

"……."

"내가 네 연인이라도 되는 거야? 그렇게 몸부림치다가 고이 가 버리라고."

"이런 개새……."

정휘지는 말을 잊지 못했다.

한빈이 자신의 품으로 짓쳐들어왔기 때문이다.

파팍!

정휘지가 재빨리 물러났다.

한월단의 효과가 서서히 사라지고 있었다.

그 시점을 한빈이 기가 막히게 파악하고 숨통을 조여 오는 것이었다.

정휘지는 틈을 만들기 위해 주변을 두리번거렸다.

그의 눈에 이 대결을 넋을 잃고 구경하고 있는 원로와 각주가 들어왔다.

정휘지는 그들에게 달려갔다.

그들을 공격하면 상대는 분명 구하러 올 것이라 생각한 것이다.

눈 깜짝할 사이에 그들의 앞에 선 정휘지가 앞에 있는 각주 하나를 베려 검을 들었다.

동시에 여기저기서 비명이 튀어나왔다.

하남정가에서는 어깨에 힘 좀 쓰는 고수라지만, 한월단을 취한 정휘지를 막을 이는 이곳에 없었다.

그때 뒤에서 웃음소리가 들려왔다.

"하하."

그 웃음소리에 모두의 시선이 모였다.

물론 웃음의 주인공은 한빈이었다.

정휘지가 검을 멈추고 한빈에게 외쳤다.

"계속 도망만 다닌다면 이들을 죽이겠다!"

"멈추긴 왜 멈춰? 하던 거 계속해. 그러지 않아도 배신자를 골라내려면 골머리 아플 텐데, 네가 대신 처리해 주면 나야 좋지."

이것은 진심이었다.

한빈은 조용히 미소 지었다.

하남정가에서 자신과 관계있는 이는 그리 많지 않았다.

저들이 싹 다 죽는다고 해도 눈 하나 깜짝하지 않을 한빈이었다.

즉, 정휘지가 표적을 잘못 삼은 것이었다.

"뭐라?"

정휘지의 눈이 커졌다.

그들의 대화에 원로와 각주 들의 표정은 수십 번 변했다.

처음에는 놀랐다가, 그다음에는 청운사신의 말에 실망했다.

하지만 청운사신의 말이 맞았다는 걸 그들은 다음 정휘지의 행동에서 알 수 있었다.

정휘지는 각주에게 겨눴던 검을 거두고 다시 한빈에게 몸을 날렸다.

순간 여기저기서 한숨 소리가 들려왔다.

긴장감이 풀리자 누군가 죽어 가는 소리로 속삭였다.

"역시 청운사신이야. 무위뿐 아니라 혀도 맵네 매워. 이번에는 검이 아닌 혀로 우리를 구했어."

"휴, 그러게 말이야."

"우린 여기 있으면 방해나 되니 이제 물러나자고."

"그래, 지금 보니 정휘지가 제정신이 아니야."

"맞아. 하남정가를 발전시킬 사람은 자기뿐이 없다고 연설할 때는 언제고, 우리를 죽이려고 그래? 둘째 공자가 정신이 나간 거지."

원로와 각주 들은 웅성거리며 가주전을 빠져나갔다.

그러면서도 그들은 아쉬운지 열린 문을 통해 한빈과 정휘지의 혈투를 눈에 담았다.

그때였다.

정휘지가 묘하게 방향을 틀었다.

동시에 그의 검에 서늘한 검기가 늘어나기 시작했다.

그것은 쾌검백결(快劍百決)의 수법이었다.

검기로 그물을 짜서 상대를 가두는 수법.

그 검기에 묶인다면 목표는 백 갈래로 쪼개져서 핏덩이가 된다.

하남정가에서도 가주만이 쓸 수 있다는 극강의 검법.

정휘지의 모습에 정무룡이 눈을 크게 떴다.

자신은 정휘지에게 쾌검백결의 초식을 가르쳐 준 적이 없었기 때문이다.

가주전에 숨겨 놓은 비급을 몰래 익힌 것이 분명했다.

"욕심이 많구나, 욕심이……."

정무룡은 말을 맺지 못했다.

정휘지가 구사한 쾌검백결의 검기가 자신 쪽으로 다가오고 있기 때문이었다.

사실 정휘지로서도 이것은 마지막 초식이었다.

모든 공력을 짜내 펼친 이번 초식으로 아비인 정무룡, 형인 정인지 그리고 자신을 함정에 몰아넣은 해남사우라는 정체불명의 낭인들을 모두 처단할 작전이었다.

파팍! 슈웅!

자신을 향해 다가오는 검기를 본 정무룡이 다급히 검을 뽑았다.

그러고는 내공을 운용했다.

스르륵!

정무룡의 검에 서서히 피어나는 검기.

그때였다.

정무룡이 울컥하고 피를 토해 냈다.

아직 몸이 회복이 안 된 것이다.

뒤쪽에서는 한빈이 정휘지를 추격하고 있는 상황.

하지만, 이대로라면 정무룡과 그 주변에 있는 이들은 해를 입을 수밖에 없었다.

그때 한빈이 도리어 속도를 줄였다.

전광석화의 수법을 거두고 새로운 초식을 구사하려 한 것이다.

'허장성세!'

초식을 떠올리자 그와 동시에 성대로 모든 공력이 집중되었다.

"놈!"

한빈의 사자후가 가주전 내부를 채웠다.

짧은 외마디 사자후였지만, 그 목소리가 의미하는·것은 만만치 않았다.

거대한 기세에 정휘지도 펼쳤던 쾌검백결을 멈출 수밖에 없었다.

짧은 순간이었지만, 그가 느낀 상대의 경지는 분명 화경이었다.

정휘지는 고개를 돌릴 수밖에 없었다.

그를 향해서 날아오는 날카로운 검날.

푹!

한빈의 월아가 정휘지의 어깨를 꿰뚫었다.

순간 정휘지의 몸이 허물어졌다.

밖에서 둘의 대결을 지켜보던 이들이 술렁거리기 시작했다.

"청운사신이 이겼어."

"보통 고수가 아니었어."

"역시 화경의 고수가 분명해."

"맞아, 그 기세는 분명 화경이었어."

"그런데 청운사신이 뭐 하는 거지?"

"그러게, 승부는 났잖아. 그런데 왜……."

원로와 각주 들이 떨리는 목소리로 속삭였다.

그것은 그들이 청운사신이라 이름 붙인 한빈의 행동 때문이었다.

한빈이 지금 캐낸 것은 구결 하나였다.

아직 남은 구결을 캐기 위해서는 명분이 필요했다.

한빈이 정휘지를 향해 또박또박 외쳤다.

"이 검은 패륜을 벌하는 검이요!"

푹!

피부를 꿰뚫는 소리에 모두가 침묵했다.

그것이 정휘지가 이제까지 벌였던 일에 대한 단죄라는 사실을 모두가 알고 있었다.

정휘지에 동조하려 했던 세력은 자신의 어깨가 뚫린 듯 움찔했다.

"어찌 보면 이 벌은 네게 가벼울 수도 있다. 이 검은 가문을 책임질 직계로서 수하들을 해하려 한 네놈에게 내리는 단죄의 검이다!"

푹!

한빈의 검이 다시 정휘지의 요혈을 찍었다.

모두는 숙연해졌다.

한빈의 말 한마디 한마디는 그들의 가슴에 박혔기 때문이다.

하지만 거침없는 한빈의 행동에 누군가는 의문을 가졌다.

누군가가 말했다.

"청운사신이 사파의 인물이었어?"

"사파는 무슨 사파. 사파면 왜 우리를 돕기 위해 왔겠어? 정파의 인물 중에도 괴팍한 양반들이 한둘이야?"

"마치 얼음장 같은 것이 감정이란 없어 보이잖아. 이제까지 그런 고수가 정파에 있었어?"

"이전에는 없었지만, 지금은 있잖아."

"지금은 있다니? 누구?"

그의 질문에 잠시 대화를 멈췄다.

그러고는 여럿이 동시에 외쳤다.

"청운사신!"

그들의 대화에도 한빈은 조용히 검으로 정휘지의 요혈을 제압해 나갔다.

물론 그것은 구결이 있는 점이었다.

[용안(龍眼)으로 초식을 확인합니다.]

[인급(人級) 구결 인(人)을 획득하셨습니다.]

[……]
[인급(人級) 구결 성(成)을 획득하셨습니다.]

한빈이 검을 멈췄다.
드디어 마지막 인급 구결 한 개를 획득한 것이다.

[인급(人級) 초식 살신성인(殺身成人)을 획득하셨습니다.]

살신성인이라면 논어에 나오는 대목이다.
하지만 거기에서 나오는 인은 어질 인이고 용린검법에서
의 인은 사람 인이었다.
이에 한빈이 살짝 의문을 품고 있을 때였다.
다시 문구가 나타났다.

[살신성인(殺身成人) – 세상에 흩어진 구결을 모으는 방법은 하나가 아
닙니다. 자신의 몸을 극한까지 몰아붙이는 방법도 그중 하나입니다. 상대
방의 공격에서 구결을 흡수하는 인급 최상의 초식입니다. 더 이상의 설
명이 필요하면 보충 설명을 활성화하십시오.]

한빈은 바닥에 널브러져 있는 정휘지에게 슬쩍 시선을 돌
렸다.
희미하지만 아직 구결을 나타내는 점이 일렁이고 있다.

한빈은 아무 망설임 없이 정휘지의 요혈을 찔렀다.

푹!

구결이 흡수되는가 싶더니.

[······ 보충 설명으로 전환됩니다.]

획이 분리되더니 다시 새로운 획으로 합쳐지며 보충 설명
이 시작되었다.

[살신성인의 초식은 때에 따라 흡공대법(吸功大法)이라는 이름으로 불
린 적도 있습니다.]

"흠."

한빈이 어이없다는 듯 헛기침을 뱉었다.

흡공대법이라면, 정사지간의 인물이 만들어 냈다는 신공
이었다.

잘못 쓰면 오해를 받을 여지가 있다는 말이었다.

생각해 보면 용린검법의 흔적이 무림의 여기저기에 남아
있는 듯 보였다.

그때였다.

다시 문구가 나타났다.

[인급 초식 세 개를 모았습니다. 기본편의 책장이 추가됩니다. 책장 추가를 위해서는 네 시진의 명상이 필요합니다. 네 시진의 명상 중에는 어떤 방해도 받아서는 안 됩니다.]

한빈의 입꼬리가 귀에 걸렸다.

드디어 올 것이 온 것이었다.

책장이 추가되고 기본편의 구결들이 늘어난다면?

초절정 최상급은 훌쩍 뛰어넘을 것이었다.

한빈이 미소 짓고 있을 때였다.

누군가 한빈의 소매를 슬며시 끌었다.

"대협."

상념에서 깨어난 한빈이 고개를 돌렸다.

그곳에서는 가주 정무룡이 멍한 표정으로 한빈을 바라보고 있었다.

한빈은 재빨리 정신을 차렸다.

아무 생각 없이 구결을 위해서 검을 찔렀지만, 정휘지도 엄연한 정무룡의 아들이었다.

제압한 것을 떠나 이렇게 욕을 보였다는 데 대해 조금 미안했다.

한빈이 뒷머리를 긁적이며 입을 열려 할 때였다.

정무룡이 먼저 말했다.

"아직 사지 근맥을 안 자르셨습니다. 대협의 손을 더럽힐 필요 없이 제가 마무리하지요."

말을 마친 정무룡은 아무 거리낌 없이 정휘지의 사지 근맥을 검으로 그었다.

스윽.

무복에서 스며 나오는 핏물이 바닥을 적시자 정무룡이 뒤를 돌아보며 무사들에게 명했다.

"놈을 뇌옥에 가두거라!"

그 외침에 밖에서 멍하니 있던 무사들이 우르르 가주전으로 들어왔다.

그때였다.

파드득.

새들이 날아가는 소리가 들렸다.

고개를 갸웃한 정무룡이 물었다.

"이게 무슨 소리입니까?"

"아마도 첩자들이 전서구를 날리는 소리일 듯싶습니다. 며칠 전에도 말씀드렸다시피, 정휘지의 단독 소행이라고는 생각되지 않습니다."

"그렇다면 저 전서구를……."

"미리 준비해 뒀습니다. 전서구는 하남정가 밖을 벗어나지 못할 것입니다."

파드득, 파드득.

대화 도중에도 비둘기의 날갯짓 소리는 계속해서 울려 퍼졌다.

        🐟

하남정가를 에워싼 한 무리의 거지가 있었다.

그들은 새총을 들고 하남정가를 벗어나려는 비둘기를 잡고 있었다.

툭! 툭!

비둘기는 하남정가를 벗어나지 못하고 땅에 떨어졌다.

비둘기를 주워 든 거지 하나가 말했다.

"아, 홍칠개 어르신은 왜 이런 일을 시키는 거지?"

"아무렴 어때, 오늘 저녁은 비둘기구이를 먹을 수 있잖아."

"야, 말을 바로 해야지, 이 비둘기를 누구 코에 붙여?"

"지금 잡은 것만 스무 마리인데 부족해?"

"너랑 나랑만 있냐?"

거지는 뒤쪽을 가리켰다.

하남의 거지란 거지는 다 모인 듯, 거지들이 새총을 들고 하남정가를 에워싸고 있었다.

이것은 개방이 전서구를 위해 펼친 특별한 천라지망이었다.

하남정가 밖을 벗어날 수 있는 비둘기는 단 한 마리도 없었다.

멀리서 하남정가 쪽을 바라보는 사람이 있었다.

그는 마을 어귀 객잔에서 술을 들이켜다가 하남정가 위를 날아오르는 비둘기를 보더니 어디론가 급히 달려갔다.

그가 달려간 곳은 강가였다.

강 근처에는 닭을 키우는 듯 닭 울음소리와 닭이 퍼드덕거리는 소리, 그리고 닭똥 냄새로 가득했다.

사내는 양계장 문을 열고 조용히 누군가를 바라봤다.

그곳에는 늙은 농부가 닭에게 모이를 주고 있었다.

사내는 늙은 농부에게 말했다.

"실패한 모양입니다."

"그러면 소식은 전해 줘야지."

늙은 농부는 뒤쪽으로 천천히 걸어갔다.

문을 열자 그곳에는 닭장 대신 비둘기가 들어 있는 새장이 있었다.

일각 뒤.

그 닭장 가득한 농가의 지붕으로 전서구가 날아올랐다.

이들은 정화 부인이 만일을 대비해서 심어 놓은 첩자였다.

전서구도 못 날릴 상황을 대비해서 심어 놓은 첩자들이 이 제야 제 몫을 하는 것이었다.

❦

그날 밤, 하북팽가의 정화 부인 처소.

정화 부인은 일다경 전에 전서구를 받았다.

전서구의 내용은 놀라웠다.

자신과 손을 잡았던 둘째 오라버니, 즉 정휘지의 계획이 실패했다는 것이었다.

정화 부인은 잠시 넋을 놓고 남쪽을 바라봤다.

그것도 잠시, 이제 현실을 생각해야 할 때라는 것을 깨달 았다.

그녀는 이곳에 남아 있는 것이 자살행위라 생각하여, 일단 이곳을 탈출하기로 했다.

정화 부인은 가장 값비싼 물건을 꺼내기 위해 자신의 금고 를 열었다.

그곳에는 한철 궤와 서책 몇 권이 놓여 있었다.

그중 서책은 중원에서 가장 큰 전장인 만금 전장에서 돈을 찾을 수 있는 장부이며, 한철 궤에는 진짜 청명환이 들어 있 었다.

그러나 금고에 가진 것들은 보자기에 싸던 정화 부인은 고개를 갸웃했다.

한철 궤의 무게가 살짝 다르다는 것을 느낀 것이었다.

가벼운 게 아니라 조금 무거웠다.

"뭐지?"

고개를 갸웃한 정화 부인이 재빨리 한철 궤를 바라봤다.

한철 궤를 봉인한 밀랍도 그대로였다.

그런데 뭔가 불길한 예감이 등줄기를 타고 올라왔다.

정화 부인은 다급하게 봉인을 뜯고 한철 궤를 열었다.

"헉!"

정화 부인이 헛숨을 토해 냈다.

진짜 청명환이 들어 있어야 할 한철 궤에는 녹슨 싸구려 쇠구슬이 들어 있었다.

동시에 정화 부인의 가슴이 뛰기 시작했다.

쿵! 쿵!

정화 부인은 다급하게 장부를 열어 봤다.

동시에 욕지거리를 토해 냈다.

"앗! 이런 빌어먹을 새끼!"

장부의 껍데기는 그대로였지만, 안의 내용물이 바뀌어 있었다.

텅텅 빈 종이 위에는 네 글자만 적혀 있었다.

사필귀정(事必歸正).

스르륵.

넋 나간 정화부인의 몸이 허물어졌다.

그렇다면, 진짜 청명환과 장부는 어디에 있을까?

뜻밖의 움직임

같은 시각 하남정가 가주전.

어느 정도 뒤처리가 끝나자 가주 정무룡은 한빈과 마주하고 있었다.

한빈은 사람 좋은 얼굴로 자신의 가슴팍에 든 내용물을 확인하고 있었다.

그것은 하남정가로 출발하면서 몸에서 떼지 않았던 목걸이였다.

목걸이를 확인하는 한빈의 표정은 그 어느 때보다 해맑았다.

어찌 보면 득도한 고승처럼 허허롭게도 보였다.

그에 반해 정무룡은 무슨 얘기를 꺼내야 할지 난감해하고 있었다.

정무룡은 잠시 한빈을 바라봤다.

가주 정무룡은 사람과 마주하면 눈을 들여다보곤 한다.

눈을 들여다보면 인생의 깊이가 느껴지기 마련이니까.

그런데 아무 욕심도 없는 저 눈빛은 깊이를 측정하기가 힘들었다.

차만 연신 들이켜던 가주 정무룡이 조용히 입을 열었다.

"대협, 가문을 구해 주셔서 감사하다는 말씀을 먼저 드려야겠군요."

한빈이 재빨리 손을 저었다.

"지난번에도 말씀드렸지만, 대협이라는 칭호는 가당치 않습니다. 하남의 절대자인 가주님께서 그리 부르시는 것은 저도 부담됩니다."

"하남정가를 구한 분에게 대협이라는 호칭을 붙이지 않는다면 누구에게 붙이겠습니까?"

이것은 정무룡의 진심.

하지만, 한빈은 가볍게 웃으며 답했다.

"저는 하남정가를 구한 게 아니라 정파 전체를 위해 최선을 다한 것뿐입니다. 그러니 대협이란 칭호는 거둬 주시지요. 거기에 인척 관계로 치면 사손뻘 되지 않습니까?"

한빈은 사람 좋은 얼굴을 하며 입가에 호선을 그렸다.

한빈의 말 중 반은 진심이었다.

하남정가를 구하기 위해 나선 것은 아니었다.

이번 계획의 목적은 정화 부인과의 악연을 끊고 용린검법의 구결을 완성하기 위함이었다.

하지만, 인척 관계로 사손뻘이라는 말은 진심이었다.

팽강위가 정무룡의 사위이니 한빈에게는 외조부와도 같은 사람이었다.

한빈의 말에 가주 정무룡이 수염을 쓰다듬으며 침음을 뱉었다.

"음……."

마치 무당이나 화산의 도인처럼 정무룡의 눈빛에는 아무런 욕심도 담지 않고 있다.

수염을 쓰다듬던 그의 손이 멈췄다.

"정화가 출가외인이라고는 하지만, 핏줄이 주는 한 줌의 정은 남아 있었습니다. 하지만, 이제 조금의 관계도 없습니다."

"그렇다면……."

한빈이 눈을 가늘게 뜨며 말끝을 흐리자 정무룡의 눈빛이 바뀌었다.

"정화는 이제 제 딸이 아닙니다."

"어려운 결심을 하셨군요."

한빈은 침통한 표정으로 고개를 끄덕였다.

물론 예의상 하는 행동이었다.

앓던 이 하나가 빠진 것이다.

하지만, 여기서 끝낼 한빈이 아니었다.

이제는 못을 박을 때라는 듯 침통한 표정을 날이 선 표정으로 바꾸었다.

그 표정에 정무룡이 물었다.

"무슨 일이신지요?"

"가주님은 궁금하지 않으십니까?"

"궁금하다니요?"

"따님, 아니 정화 부인이 보낸 한철 궤에는 곤륜의 진짜 청명환이 들어 있었을까요?"

"흠,"

정무룡은 살짝 침음을 토해 냈다.

"이건 직접 확인해 보셔야 하겠군요. 정휘지에게 전달한 것은 정화 부인이 준 한철 궤가 아닙니다."

말을 마친 한빈은 옆에 있는 장자명을 바라봤다.

시선이 마주친 장자명은 자신의 짐 속에서 뭔가를 꺼내 한빈에게 건넸다.

그 물건을 본 정무룡의 눈이 커졌다.

그것은 한철 궤가 분명했기 때문이다.

한빈은 한철 궤를 맞은편 정무룡에게 쓱 밀며 말을 이었다.

"봉인된 인장을 확인해 보시죠."

"네, 알겠습니다."

정무룡이 한철 궤를 들어 봉인을 확인하며 눈을 가늘게 떴다.

한빈은 진지한 표정으로 말을 이었다.

"이게 정화 부인이 제게 건넨 한철 궤입니다. 봉인을 보시면 가주님께서는 진위(眞僞)를 확인하실 수 있을 테지요."

"이건 하남정가에서부터 쓰던 정화의 인장이 맞습니다. 그렇다면 지난번에 복용했던……."

정무룡이 말끝을 흐리자 한빈이 말을 이었다.

"그것은 가짜입니다. 영단까지는 아니어도 보약은 되겠지요."

"그럼 그때 의식을 잃고 상태가 악화된 것처럼 하라고 한 게……."

"그 후에 대처를 보기 위함입니다. 정휘지는 그 가짜 청명환이 독약인 것처럼 굴었죠?"

"……."

"저는 아마도 정화 부인이 건넨 이 한철 궤에 독약이 들었을 것이라 생각합니다. 이것을 확인하느냐 마느냐는 온전히 가주님의 마음입니다."

"흠."

가주 정무룡은 낮은 신음을 토해 내며 한철 궤과 한빈을 번갈아 바라봤다.

이전까지 평온했던 그의 눈빛에 희로애락(喜怒哀樂)이 스쳐 지나갔다.

한빈과 처음 마주친 것은 며칠 전 새벽이었다.

자신의 소변을 받기 위해 들어온 두 명의 하인을 봤을 때는 여느 때처럼 수치스러웠다.

하남의 절대자가 똥오줌도 못 가린다니?

원인 모를 병으로 쓰러지고 나서 정무룡은 쭉 이 상태였다.

어떨 때는 죽고 싶은 마음이 들다가도 가문이 무너져 가는 모습을 보고 있자니 다시 일어나야겠다는 의지를 불태우곤 했다.

하인이 들어오기 전, 정무룡은 천지신명께 기도를 했다.

가문을 구해 준다면 자신의 생명을 바치겠다고 말이다.

그리고 기적이 일어났다.

한빈과 장자명은 처소에 숨어 밤낮을 가리지 않고 정무룡을 치료했다.

첫날에는 사지에 감각이 돌아왔고 둘째 날에는 진기를 사지에 보낼 수 있었다.

그들이 정무룡을 치료한 시간은 실질적으로 이틀.

정무룡은 한빈을 하늘이 보낸 신의라 생각했다.

하지만, 가주전에서의 한빈의 무위를 보고 마음을 바꿨다.

젊은 나이에 화경이라?

물론 이것은 한빈이 사용한 허장성세로 인한 착각이지만,
가주 정무룡은 그리 생각했다.

앞으로 십 년만 지나면 강호 위에 군림할 인재라 판단을
바꾸었다.

그런데 또다시 한빈에 대한 판단이 바뀌었다.

지금 보니 계책 또한 정의맹 군사에 못지않았다.

한빈의 정체는 과연 무엇일까?

신의일까?

하늘이 내린 무재(武才)일까?

아니면 제갈량이 다시 태어나기라도 한 것일까?

수많은 물음 속에 정무룡은 한철 궤를 조용히 품안에 넣었
다.

한빈의 말대로 그곳에 독이 들어 있다고 해도 그것은 자신
만이 알고 싶었다.

침통한 정무룡을 바라본 한빈이 자리에서 일어났다.

"저는 이것으로 하북팽가에서 하남정가로 보낸 호송 임무
를 마쳤습니다."

말을 마친 한빈이 조용히 포권했다.

정무룡을 치료하며 모든 일을 말해 주고 싶었다.

하지만, 생각보다 정무룡의 몸 상태가 심각하여 치료가 먼
저였고.

하남정가에서 일어나는 사건의 해결이 먼저였다.

이제 모든 것을 설명했으니 임무가 완벽히 끝난 것이었다.

한빈의 모습에 정무룡도 일어나 포권하며 말했다.

"예가 지나치십니다, 대협."

"이제 대협이란 칭호는 거두시지요."

"대협이란 칭호가 부담되시면 당분간은 소협이라 부르죠."

"말씀도 낮춰 주시죠. 다음에 마주칠 때는 팽가의 막내 공자로서 인사드릴 텐데요. 이치에 맞지 않는 것 같습니다."

"허허, 그럼 그리하겠네."

정무룡이 낮게 웃음을 흘렸다.

한빈이 뜻하는 바가 무엇인지를 알았기 때문이었다.

자신이 대협이라 칭하는 것은 청운사신.

그런데 한빈은 자신이 청운사신이란 사실을 밝히고 싶어 하지 않았다.

정무룡은 이 점에 감탄했다.

공명심이 없는 무인이 어디 있으랴?

화경의 고수가 자신을 드러내지 않는다라?

그저 헛웃음밖에 안 나왔다.

정휘지를 하남제일검으로 키우기 위해 얼마나 힘을 썼던가?

그리고 하남정가에서는 정휘지라는 고수가 있다는 사실을 얼마나 자랑했던가?

그런데 하북팽가는 화경의 고수를 키워 내고도 비밀을 유지하고 있었다.

정무룡은 문득 하북팽가의 저력이 무서워졌다.

하지만, 은인인 한빈에 대한 비밀은 무덤 끝까지 가지고 갈 생각이었다.

긴 웃음의 끝에 정무룡이 말했다.

"그럼 하나만 묻고 싶네, 소협."

"말씀하시지요, 어르신."

"이 은혜를 어떻게 갚아야 하는가? 소협."

그 질문에 한빈이 눈을 빛내며 말없이 정무룡을 바라봤다.

순간 실내는 갑자기 정적에 휩싸였다.

정무룡은 재촉하지 않고 한빈의 답을 기다렸다.

침묵이 어색해질 때쯤 한빈이 입을 열며 손가락 하나를 폈다.

"제가 원하는 것은 한 가지입니다."

진지한 한빈의 눈빛에 정무룡이 가주의 체면도 잊은 채 상체를 기울였다.

"그것이 무엇인가?"

"정화 부인의 재산을 모두 몰수한 뒤 제가 관리했으면 합니다."

한빈은 아무런 욕심이 없다는 허허로운 표정으로 가주 정무룡의 대답을 기다렸다.

정무룡은 잠시 생각에 빠졌다.

그의 딸 정화는 하북팽가로 출가한 이후로도 몇 가지 이권을 관리하고 있었다.

한빈의 말은 그것을 달라는 것이었다.

은혜를 어떻게 갚아야 하냐고 물었지만, 이렇게 딱 집어서 요구할 줄을 몰랐던 정무룡이었다.

남아일언 중천금이라지만, 이유는 알아야 했다.

물욕이나 공명심에는 한 톨의 욕심이 없는 한빈이라 생각하기에 더욱 궁금했다.

정무룡은 호기심이 가득한 눈빛으로 물었다.

"이유를 물어봐도 되겠는가? 단순한 욕심은 아닌 것 같아서 드리는 말이네, 소협. 물론 답을 안 해도 되니 마음에 담아 두지는 말게."

"정화 부인이 하북팽에서 저지른 만행을 모두 밝혀내고 싶어서입니다. 정화 부인이 행한 모든 일의 뒤에는 하남정가에서 가져간 이권이 있다고 봅니다."

"음."

가주 정무룡은 침음을 흘렸다.

한빈의 의도는 명확했다. 숙적의 날개까지 꺾어 놓겠다는 의도였다.

고민은 길지 않았다.

"좋네. 내 조치해 놓도록 하겠네."

정무룡의 뜻도 간단했다.

정무룡 역시 딸인 정화 부인뿐 아니라 핏줄인 팽무빈, 팽경빈과도 인연을 끊겠다는 것.

"네, 감사합니다."

한빈이 작게 고개를 숙이자 정무룡은 손을 내저었다.

"아니네. 내가 미리 조치했어야 할 일이네, 소협."

정무룡의 말에 한빈은 뒤를 힐끔 돌아봤다.

옆에 있던 장자명은 올 것이 왔구나 하는 표정으로 고개를 푹 숙였다.

장자명은 한빈의 행동에 놀라면서도 지금처럼 도망치고 싶을 때가 있었다.

한빈이 하남정가에서 한 일은 누가 봐도 대협이라 불릴 만했다.

하지만, 한빈이 앞으로 할 일이 문제였다.

고개 숙인 장자명의 모습에는 아랑곳하지 않고 한빈은 가볍게 손가락을 튕겼다.

딱!

그 모습에 가주 정무룡이 놀란 듯 고개를 갸웃했다.

한빈의 행동은 그만큼 갑작스러웠던 것이다.

하지만, 장자명은 숙인 고개를 끄덕이고 있다.

그럴 줄 알았다는 것처럼 말이다.

정무룡의 기울어진 고개가 아직 자리를 찾지 않았을 때 문이 열렸다.

스르륵!

열린 문틈으로 누군가 가볍게 달려왔다.

다름 아닌 설화였다.

정무룡은 눈을 가늘게 떴다.

무공을 안 익힌 듯하면서도 단검을 쓰는 솜씨가 예사롭지 않았던 소녀였다.

앙증맞게 생긴 소녀의 손 속에 놀라 차후 그녀의 정체에 대해 물어보려고 했는데 때마침 들어온 것.

설화는 가주 정무룡에게는 시선도 주지 않고 탁자 위에 보따리를 풀었다.

촤르륵.

보따리가 풀리자 가주 정무룡의 고개가 더욱 기울어졌다.

아무리 생각해도 지금 무슨 상황인지 감이 안 잡혔기 때문이었다.

설화는 정무룡의 시선에는 아랑곳하지 않고 탁자 위에 조심스럽게 한지를 펼쳐 놓았다.

그러고는 통나무 속에 담긴 먹물을 벼루에 덜며 말했다.

"공자님, 먹은 방금 방에서 갈아 왔어요."

"그래. 고맙다, 설화야."

둘의 대화에 정무룡은 참지 못하고 물었다.

"대체 무슨 일인가? 소협."

한빈이 환하게 웃으며 답했다.

"옛 성현의 말씀에 따르면, 약속은 문서로 남기는 게 최고입니다, 어르신."

"그게 대체 무슨 말인가, 소협?"

가주 정무룡의 눈이 다시 한번 커지는 순간이었다.

정무룡의 놀란 표정에도 아랑곳하지 않고 한빈의 붓은 거침없이 한지 위를 누볐다.

한지 위에 내용이 하나둘 늘어나자 정무룡의 눈이 커졌다.

한 획 한 획이 마치 무공의 초식처럼 날카로웠기 때문이다.

서체가 그렇다는 말이 아니라 내용이 그렇다는 말이었다.

한빈이 그리는 한 획 한 획에는 적의 목줄을 끊어 놓겠다는 일념이 담겨 있었다.

물론 한빈의 칼끝, 아니 붓끝이 향하는 곳이 하남정가가 아니라는 것은 정무룡도 알고 있었다.

한빈은 하북팽가에 남아 있는 적들의 날개를 꺾는 것에서 멈추지 않고 아예 씨를 말리려는 것이다.

한빈의 붓놀림에 정무룡의 표정이 시시각각 바뀌었다.

붓을 멈춘 한빈이 고개를 들었다.

잠시 오가는 시선.

한빈이 먼저 입을 열었다.

"서명하시지요, 어르신."

한빈이 붓을 내밀자, 정무룡은 반사적으로 손을 내밀었다.

　붓을 받아 든 정무룡의 표정이 의미심장했다. 하지만, 고민은 길지 않았다.

　휘리릭!

　그는 바로 서명을 하며 사람 좋은 얼굴로 한빈을 바라봤다.

　"이제 됐는가? 소협."

　"네, 완벽합니다. 어르신."

　그때였다.

　시녀 하나가 조용히 문을 열고 들어왔다.

　시녀는 가주 정무룡의 곁에 다가가 뭐라 속삭였다.

　가주 정무룡의 눈이 커졌다.

　"선배가 대체 왜?"

　뜻 모를 말을 내뱉은 가주 정무룡이 자리에서 일어났다.

　"소협, 잠시만 기다리시게."

　"네, 알겠습니다. 어르신."

　한빈이 고개를 끄덕이자 정무룡은 다급하게 가주전을 빠져나갔다.

　그것도 잠시, 가주전 밖에서는 소란이 일어났다.

"자네! 왜 나를 막아……."

"아니 선배! 지금 들어가시면……."

웅성대는 소리.

가주전 안으로 들어오려는 자와 그것을 막으려는 정무룡 간의 언쟁이 있나 싶더니 문이 열렸다.

덜컹.

문이 열리고 모습을 드러낸 것은 어떤 거지였다.

정확히 말하면 한빈의 계약 사부인 무제자 홍칠개였다.

홍칠개가 휘적휘적 한빈이 앉은 탁자로 걸어오자 정무룡이 난색을 표하며 외쳤다.

"선배, 그쪽으로 가시면 안 됩니다. 제 손님이……."

"내가 몇 번을 말해야 알아듣나? 정무룡."

정무룡이 손을 내저었다.

"아니, 무제자 선배. 거기 계신 분은 선배의 제자가 아니래 도요."

"허, 넌 왜 사람 말을 못 믿어?"

"소문 듣고 궁금해서 오신 거 다 압니다. 제자는 무슨 제자 입니까? 농이 지나치십니다."

"허허, 아니래도……."

그들은 아옹다옹하며 한빈이 있는 쪽으로 다가왔다.

정무룡이 미안한 얼굴로 한빈을 바라보며 나지막이 말했다.

"소협, 미안하네. 내가 말릴 수 있는 선배가 아니라서 말이네. 그러니까⋯⋯."

정무룡은 미안한 듯 한빈과 홍칠개를 번갈아 봤다.

그때 한빈이 일어났다.

"사부님, 오셨습니까?"

"허허, 너무한 거 아니냐, 제자야? 일을 시켜 놓고 잔칫상에는 부르지도 않고 말이다."

"그러니까 그 잔칫상에 독이 들어 있을지도 몰라서요."

"흠, 그렇다면 할 수 없지. 그런데 이 늙은 가주 놈한테 대신 설명 좀 해 보거라, 제자야."

"무슨 설명 말씀입니까?"

한빈이 고개를 갸웃하자 홍칠개가 자신과 한빈을 번갈아 가리키며 말을 이었다.

"너하고 내 관계 말이다. 허허."

함박웃음을 지으며 한빈을 바라보는 홍칠개의 모습에 한빈은 마주 웃었다.

"하하, 사부님."

호칭 하나로 모든 상황이 정리되자 정무룡의 눈이 한없이 커졌다.

"무제자 선배가 한 말이 사실인가? 소협."

"네, 사실입니다."

한빈은 조용히 고개를 끄덕였다.

"그럼 하북팽가의 직계가 개방도라는 말인가?"

다시 질문을 던진 정무룡의 눈이 한없이 커졌다.

아무리 계산을 해 봐도 정답이 없는 관계였기 때문이다.

그때 무제자 홍칠개가 재빨리 나섰다.

"어허, 왜 그리 남의 사제 관계에 그렇게 관심이 많아, 늙은이. 내 제자지만 개방도는 아니야. 거기까지만 알고 있어."

"무제자 선배, 관계가 이상하지 않습니까?"

"지금은 그게 중요한 게 아니야. 그러니……."

말끝을 흐린 홍칠개는 주변을 쓱 훑어보더니 품 안에서 뭔가를 꺼내 탁자 위에 올려놨다.

탁!

탁자 위에 올려진 것은 다름 아닌 죽은 비둘기.

정무룡의 눈이 다시 커졌다.

"이게 뭡니까?"

"전서구라네. 그런데 이상한 점이 있지 않나?"

"이상한 점이라……."

정무룡이 말끝을 흐리자 한빈이 대신 답했다.

"없군요."

"그래, 없어. 즉 눈속임이라는 거지."

둘의 대화를 듣던 정무룡이 급히 끼어들었다.

"뭐가 없다는 말씀입니까?"

"허허, 아직 병마에서 회복하지 못했군. 잘 보게, 비둘기 다리를 말이야. 이건 비둘기가 떨어지고 바로 품에 넣어 온 것이라네. 즉 떨어질 때 그대로라는 것이지."

"그러고 보니⋯⋯."

정무룡이 고개를 갸웃했다.

그것에는 매달려 있어야 할 전서 통이 없었던 것이다.

정무룡이 다시 말을 이었다.

"전서 통이 없군요. 이 비둘기는 어디에서 잡아 온 것입니까?"

"하남정가에서 뿌려진 비둘기일세."

"그럼 혹시?"

"그 혹시가 맞아. 나는 제자의 부탁으로 하남정가 담장 밖에서 개방의 천라지망인 타구천지를 펼쳤어."

타구천지란 개방에서 쓰는 포위 전술로, 개 한 마리 빠져나갈 틈 없이 천지를 뒤덮는 진법을 말한다.

"허, 그렇다면 밖에는⋯⋯."

"그렇지, 개방도들이 쫙 깔려 있는 상황이네."

"허, 그런 일이⋯⋯."

"뭐, 하남정가에 폐 끼칠 일은 없어. 알아서 끼니를 때우고 있을 테니. 그래도 내일은 우리 애들 좀 챙겨 주라고."

"네, 알겠습니다. 선배, 그런데 아까 말한 눈속임이라는 의미가 무얼 말씀하시는 겁니까?"

"누군가 하남정가에서 일어난 일을 외부에 전달했다는 거지. 비둘기가 날아간 개수를 보고 어떤 일이 일어났는지를 파악하고 다른 곳에서 전서구를 날렸다는 말일세."

"그렇다면?"

"하북팽가에 있는 자네 딸이나 다른 세력에게 진짜 전서구가 날아갔겠지."

"흠."

정무룡의 눈빛이 깊어졌다.

모든 것이 끝난 것이 아니라는 생각이 들자 그는 힘없이 고개를 저었다.

자신을 죽이려 했던 자식들.

그중 하나의 사지 근맥을 자르고 뇌옥에 가뒀다.

한빈이 제시한 대로 출가외인인 딸의 재산을 몰수했다.

그런데 여기에서 더 칼을 휘둘러야 한다?

병마에서 아직 회복되지 않은 정무룡으로서는 약간 버거운 상황이었다.

그의 표정을 본 한빈이 말했다.

"하북팽가에 있는 공모자는 이제 용서해도 될 것 같습니다, 어르신."

"용서한다고?"

정무룡의 눈이 커졌다.

순간 홍칠개가 눈을 가늘게 뜨고 끼어들었다.

"제자야, 그게 무슨 말이냐?"

아무리 생각해도 자신의 제자인 한빈치고는 너무 너그러

웠다.

홍칠개가 생각하기에 한빈은 상대를 한번 물면 절대 놓지
않는 사냥개였다.

그런데 용서라니?

의심 어린 홍칠개의 눈빛에, 한빈이 사람 좋은 얼굴로 말
했다.

"아마 다시 일어설 힘은 없을 겁니다. 이제는 끝났겠지요."

둘의 대화를 듣고 있던 정무룡은 조용히 천장을 올려다봤
다.

자신의 딸이 그리 만만하지는 않다 생각했기 때문이다.

아마도 위기에 쓸 자금은 따로 마련해 뒀을 것이다.

그렇게 생각하니 단죄를 못 한 아쉬움과 손자들에게 살길
이 생겼다는 묘한 안도감이 뒤섞였다.

정무룡은 정화의 비자금을 한빈에게 말할까 하다가 조용
히 입을 닫았다.

이제 하남정가가 나설 일이 아니라 하북팽가가 나서는 것
이 이치에 맞았다.

하지만, 이미 한빈이 모든 것을 조치해 뒀음은 정무룡도
몰랐다.

아직 천장을 올려다보고 있는 정무룡에게 한빈이 말했다.

"제가 전한 청명환이 가짜라면 진짜 곤륜의 청명환은 정화
부인이 가지고 있을 겁니다."

한빈은 이제 진짜 청명환의 행방까지 정화 부인에게 뒤집어씌웠다.

한마디로 완전범죄.

한빈이 사람 좋은 얼굴을 하자 정무룡은 살짝 고개를 숙이며 말을 이었다.

"후…… . 미안하네, 소협. 딸아이를 잘못 키운 내 죄가 크네."

한빈이 환하게 웃으며 손을 내저었다.

"괜찮습니다. 이제 저희 하북팽가에서 알아서 할 일이지요."

말을 마친 한빈은 조용히 품속에 있는 목걸이를 매만졌다.

역시 몰래 먹는 영단이 제일 맛있다는 옛 성현의 말은 틀린 점이 없었다.

상념을 털어 낸 한빈이 가주 정무룡을 바라봤다.

"가주님, 어떤 방해도 받지 않을 공간이 필요합니다."

"내 연공실이면 되겠는가?"

"네, 가주님의 연공실이면 더할 나위 없죠. 감사합니다, 어르신."

한빈은 자리에서 일어나 포권했다.

사실 하남정가 가주의 연공실에서 확인해야 할 것이 하나 있었다.

그러지 않아도 부탁하려고 얘기를 꺼냈는데 알아서 챙겨

준 것이다.

 잠시 후 한빈과 설화 그리고 장자명은 하인의 안내를 받아 자리를 떠났다.

 한빈이 자리를 떠나자 홍칠개와 마주한 정무룡이 호기심 가득한 얼굴로 입을 열었다.

 "선배, 이렇게 왕림해 주셔서 감사합니다, 그런데 말입니다…….."

 정무룡이 말끝을 흐리자 홍칠개가 물었다.

 "왜 그러는가? 몰래 숨겨 놓은 좋은 술이라도 있던가?"

 "술 이야기가 아닙니다, 선배."

 "그럼 뭔가?"

 "저는 팽 소협의 정체가 진심으로 궁금합니다."

 "내 제자라니까."

 "그 말이 아닙니다. 소협의 검은 하남정가의 쾌검보다 빨랐으며 보법은 구름을 밟고 지나가는 듯 부드러웠습니다. 팽가에 이런 검법과 보법이 있던가요?"

 정무룡의 눈빛이 지금만큼은 살아났다.

 근심을 모두 털어 버린 그의 눈에는 한빈이 보여 줬던 무위에 관한 호기심으로 가득 차 있었다.

 그 모습에 씩 웃은 홍칠개가 답했다.

 "보법은 구걸십팔보라네,"

"구걸십팔보요? 그건 개방의 상승 무공이 아닙니까? 개방의 제자가 아니라고 하지 않았습니까?"

"구걸십팔보가 어려워서 못 배우는 거지, 개방의 정식 제자만 배울 수 있는 무공은 아니지 않나?"

"……."

정무룡은 아무 말 없이 홍칠개를 바라봤다.

그 모습에 홍칠개가 고개를 갸웃하며 물었다.

"왜 그러나?"

"구걸십팔보가 구름 위를 걷는 그런 보법은 아니지 않습니까? 오죽하면 청운사신이라는 별호가 하남정가를 들썩이게 하고 있겠습니까?"

"청운사신이라고?"

가늘게 뜬 홍칠개의 눈에서는 기대감이 흘러나왔다.

그 시선에 정무룡이 조용히 말을 이었다.

"그러니까……."

❧

하남의 대표적인 사파인 백사문의 가주전.

가주전은 귀빈의 방문으로 술렁이고 있었다.

가주 진사명이 상대에게 포권했다.

"군사, 어서 오십시오."

"환대해 주셔서 감사합니다."

상대는 가볍게 포권했다.

얼굴은 삼십 대 중반처럼 보이지만 희끗희끗한 머리가 그의 연륜을 말해 주는 것 같았다.

붓 모양으로 생긴 병기인 판관필을 들고 있는 그의 별호는 익절선생.

이익이 되는 일이라면 모든 일을 칼같이 끊는 냉혈한이라고 해서 붙여진 별호였다.

정파에서는 익절선생 마휘라고 하면 다들 꺼리는 인물이었다.

무위도 무위지만 지략에서 상대하기 까다롭다는 인물이기 때문이다.

그와 거래를 해 본 자들은 이렇게 말한다.

자신이 유리하다고 판단하고 응한 거래라도 결과를 놓고 보면 익절선생 마휘의 손바닥 안이었다고 말이다.

그런 익절선생 마휘가 왜 이곳을 찾았을까?

익절선생 마휘는 거칠 게 없다는 표정으로 본론으로 들어갔다.

"문주님, 제가 미리 전달했던 대로 일단 적룡대협이란 자와 마주한 자들을 모두 불러 주시겠습니까?"

익절선생 마휘에게 적룡대협은 어떻게 요리를 해야 할지 모르는 미지의 재료와도 같았다.

그렇기에 호칭에 있어서도 아군도 아니고 적군도 아닌 그 저 '자'라는 단 한마디를 붙인 것이었다.

이미 적룡대협의 의협심에 푹 빠져든 백사문주 진사명은 살짝 노기가 치밀었으나 겉으로 드러내지는 않았다.

익절선생 마휘에게 틈을 보인 순간 물어뜯길 것이 뻔하기 때문이다.

그와 마주할 때는 감정을 보여서는 안 되었다.

"네, 지금 모여 있으니 이쪽으로 오시죠. 군사님!"

백사문주 진사명은 앞장서 마휘를 회의실로 안내했다.

회의실에서는 진사명의 딸 진세미가 안절부절못하며 머리를 감싸 쥐고 있었다.

"아, 하필이면 이때……."

진세미는 적룡대협을 찾기 위해 눈에 불을 켜고 있었다.

그런데 갑자기 문주인 아버지가 호출을 했다.

문파의 명을 어길 수는 없는 법.

할 수 없이 복귀할 수밖에 없었지만, 마음은 아직도 적룡대협을 찾고 있는 그녀였다.

진세미가 어쩔 줄 몰라 하자 지긋한 나이의 중년인이 그녀를 토닥였다.

"진정하거라. 우리가 나선다고 찾을 수 있었겠느냐?"

"죄, 죄송해요. 아저씨."

진세미는 울 듯한 얼굴로 상대를 바라봤다.

그녀가 아저씨라고 부르는 자는 다름 아닌 흑의살풍.

흑의살풍은 조용히 고개를 끄덕였다.

강북의 사파인인 산서삼살은 강남의 백사문과 과거 인연이 있어 반년가량을 머문 적이 있었다.

그때 진세미는 산서삼살을 아저씨라 부르며 졸졸 쫓아다녔었다.

사람의 크기만 한 낭아봉을 어깨에 걸친 편육랑아.

얼굴에 생기 하나 없는 빙혈서생.

검은 복면을 쓴 흑의살풍까지.

그 당시에는 셋이 저잣거리를 지나가면 울던 아이도 울음을 멈췄다.

또한 당과를 사려고 줄지어 서던 아이들은 뿔뿔이 흩어질 정도였다.

그런데 그들을 아저씨라 부르며 따르는 조그만 아이가 있다라?

그 아이는 산서삼살을 무서워하지 않고 팔에 매달리기도 하고 졸졸 쫓아다니며 놀아 달라고 떼를 쓰기도 했다.

그것은 신기함, 그 자체였다.

흑의살풍은 고개를 들어 천장을 올려다봤다.

천장 위에는 자연스레 하북팽가 사 공자 한빈의 얼굴이 그려졌다.

첫 만남에서는 만만한 애송이였고.

그 후에는 사파는 찜 쪄 먹을 악마 같은 놈이었다.

그런 놈이 사파인을 구하기 위해 다시 돌아올 줄은 몰랐다.

더욱 놀란 것은 그가 보여 준 무위였다.

잔혈마도와 마주하며 기죽지 않고 일갈을 지르던 한빈의 모습은 그야말로 영웅호걸 그 자체였다.

한빈이 잔혈마도와 천 길 낭떠러지에서 떨어졌을 때는 피가 들끓었다.

한빈의 정체를 알고 있는 흑의살풍 자신마저도 터질 것 같은 가슴을 움켜잡고 적룡대협을 목 놓아 외칠 정도였다.

흑의살풍은 그때의 일을 잠시 떠올려 봤다.

과연 살아 있을까?

잔혈마도의 파혈도에 배가 뚫린 채 강 속으로 빠진 만큼 살아날 확률은 없었다.

멀리서 싸움을 지켜보고 조용히 빠지려던 흑의살풍은 자신도 모르게 적룡대협을 찾는 사파의 무리에 합류하게 되었다.

그때 다시 만난 것이 진세미였다.

흑의살풍과 진세미를 보고 있던 편육랑아가 끼어들었다.

"왠지 나도 눈물이 나오려고 합니다."

하지만, 말과는 다르게 그의 배 속에서는 굉음이 울렸다.

꼬르륵.

그 소리에 회의실에 있던 모든 이의 시선이 편육랑아의 배로 향했다.

그때였다.

회의실의 문이 열렸다.

덜컹!

순간 회의실에 모인 이들은 모두 마른침을 삼켰다.

강남 사도련의 군사인 익절선생 마휘가 방문한다는 것을 알았기 때문이다.

적룡대협에 대한 수색을 멈추고 복귀한 것도 모두 마휘가 자신들을 보고 싶다고 청했기 때문이었다.

터벅터벅.

가주 진사명의 안내를 받은 마휘가 멈췄다.

마휘는 고개를 돌려 모인 이들을 바라봤다.

모두를 살피던 그의 시선이 진세미에게 멈췄다.

"자네가 적룡대협의 수색을 총지휘했던 책임자인가?"

"네, 맞아요. 군사님."

"그럼 자네에게 모든 일을 듣는 것이 제일 정확하겠군."

"어디서부터 설명해 드릴까요? 군사님."

"적룡대협이란 자를 마주한 처음부터 설명해 보게나!"

"네, 알겠습니다. 군사님! ……그러니까, 그분을 처음 마주
했을 때는 적인지 아군인지 구분이…….”

진세미는 조금 과장해서 잔혈마도를 물리친 적룡대협의
활약상을 마휘에게 털어놓았다.

회의실에 모인 이들은 모두 고개를 끄덕이기 바빴다.

그도 그럴 것이 진세미가 전하는 적룡대협의 활약상은 그
들의 눈에도 선했기 때문이다.

"……여기까지가 제가 본 적룡대협의 마지막 모습이에요.”

"흠.”

마휘는 염소수염을 매만지며 헛기침했다.

그는 진세미에게 설명을 들으며 회의실에 있는 모두를 살
폈다.

마휘가 보는 것은 그들의 모든 것이었다.

표정, 손짓 그리고 사소한 헛기침 소리마저도 모두 그의
관찰 대상이었다.

사실 설명을 듣던 마휘는 적잖게 당황했다.

적룡대협이란 한마디가 튀어나오자 모두 최면에 걸린 것
처럼 눈을 빛냈기 때문이다.

마휘는 재빨리 헛기침을 멈추고 진세미에게 물었다.

"적룡대협이 살아 있을 확률은?”

"저는 살아 있다고 믿어요.”

"그 상처에도 살아 있다라?”

질문을 던진 마휘는 진세미의 표정을 살폈다.

진세미의 표정은 확신으로 가득 차 있었다.

마휘는 그것이 확신이 아닌 단순한 바람이라는 것을 알고 있었다.

진세미가 입술을 앙다물며 답했다.

"네, 살아 계실 거예요."

"그래, 그게 사파를 위해서도 좋겠지."

마휘는 고개를 끄덕였다.

하지만, 그것은 그의 진심이 아니었다. 사파에 나타난 신진 고수.

그런데 그 경지가 무려 화경이 이르렀다고 한다.

문제는 거기에서 발생한다.

젊은 화경의 고수가 나타났다는 것은 강호의 재편을 의미한다.

범위를 더욱 좁힌다면 사파의 조직을 다시 짜야 한다는 결론에 이를 수밖에 없었다.

하지만, 그가 죽었다면?

그것은 사파에 있어 호재였다.

지금의 기득권은 그대로 유지한 채 적룡대협이란 자의 명성에 숟가락만 그대로 얹어 놓으면 그만이었다.

사도련은 강북 사도련과 강남 사도련으로 양분되어 있는 상태.

잘만 하면 적룡대협이란 자의 위명을 등에 업고 양대 사도련을 통합할 수도 있었다.

이제 적룡대협의 위명을 어떻게 이용할지를 천천히 계획하면 된다 생각했다.

그때였다.

마휘의 시야에 눈물을 글썽이는 진세미의 모습이 들어왔다.

이것은 마휘도 예상치 못한 상황.

강남 사도련의 총군사인 자신의 앞에서 눈물을 보이는 무사가 있으리라고는 상상도 하지 못했다.

마휘가 물었다.

"왜 그러는 것이냐?"

"군사님께서 부르시지만 않으셨어도 적룡대협을 찾을 수 있었을지도……."

진세미는 말끝을 흐리며 소매로 눈가에 고인 눈물을 닦아냈다.

마휘는 그녀의 말뜻을 깨닫고는 주위를 둘러봤다.

모두가 마휘를 보고 있었다.

적의를 내비치진 않지만, 탐탁지 않은 눈빛임에는 분명했다.

마휘는 헛숨이 튀어나오려는 것을 겨우 참았다.

적룡대협이란 자의 정체가 무엇이길래?

그 의문은 당연했다.

사파의 역사상 단기간에 사람들을 저리 사로잡은 자는 아무도 없었다.

적룡대협이란 자를 이용해야 했다.

잘만 하면 강남 사도련을 중심으로 사도련을 통일할 수도 있을 것 같았다.

그 후에는 자연스레 무림을 일통할 힘을 얻게 될 것이었다.

이것은 한마디로 천운!

마휘가 주먹을 불끈 쥔 순간이었다.

덜컹!

회의실 문이 다시 열렸다.

누군가 다급하게 마휘 쪽으로 뛰어왔다.

마휘가 고개를 돌렸다.

지금 뛰어오는 자는 자신의 오른팔인 척삼이었다.

마휘 앞에 뛰어온 척삼은 포권도 잊은 채 다급하게 그를 불렀다.

"군사님!"

마휘가 눈살을 찌푸리며 물었다.

"대체 무슨 일이더냐?"

"잠시만 시간을……."

"알았다."

마휘는 척삼을 데리고 잠시 회의실을 빠져나갔다.

잠시 후 척삼은 짧게 자신이 전할 상황을 요약했다.

"이게 현재까지 하남정가의 상황입니다."

척삼이 들려준 이야기에 마휘의 눈이 점점 커졌다.

"정파에도 화경의 고수가 나타났다고? 그것도 적룡대협이란 자와 비슷한 또래로 보인다는 건가?"

"네, 요약하자면 그렇습니다."

"그자가 의술을 펼쳐 하남정가의 가주를 구하고 그것도 모자라 화경의 무위를 모두가 보는 앞에서 펼쳤다는 것인가?"

"네, 그것도 맞습니다."

"그자의 사문은?"

"아직까지는 정체불명입니다. 하남정가를 구하고 홀연히 사라졌다고 합니다. 그자의 사문에 대해서는 지금 정보를 취합하는 중입니다."

"그렇다면 적룡대협이란 자와 그자가 동일인일 확률은?"

"없습니다. 적룡대협이 중상을 입고 쓰러지고 나서 얼마지나지 않아서 일어난 일입니다. 그자는 푸른 도포를 걸치고 신선과 같은 무위를 펼쳤다고 합니다. 그래서 청운사신이라부른답니다."

"사신이라……."

"푸른 도포는 구름과 같고, 그 구름이 지나간 자리는 죽은 자밖에 남지 않는다고 해서 붙여진 별호입니다."

척삼은 수집한 정보를 그대로 전했다.

물론 이것은 현장에서 한빈이 펼친 활약이 과장된 것이었다.

강호의 소문이란 반나절만 지나도 소협이 신선으로 둔갑하기 일쑤였다.

그에 비하면 척삼이 전한 한빈의 활약은 진실에 가까운 것이고 말이다.

마휘가 뭔가 결심한 듯 염소수염을 쓰다듬었다.

"흠, 아무래도 일을 서둘러야겠군."

"네, 정파에서도 청운사신이란 자를 이용하려고 할 겁니다."

"그렇겠지. 하지만, 사파를 위해 의연히 목숨을 바친 적룡대협보다는 못할 테지."

마휘는 조용히 중천에 뜬 달을 바라봤다.

강남 사도련이 하늘에 뜬 달처럼 유일무이한 무림의 단체가 되는 날이 머지않았다고 그는 확신했다.

마휘의 계획은 간단했다.

그것은 적룡대협을 이용해 사파를 결집하는 것이었다.

일단 적룡대협을 사파 최고의 영웅으로 만드는 것이 먼저였다.

그 후 그가 사파 무인들을 위해 잔혈마도와 맞서 싸운 영단산을 사파의 성지로 만들 필요가 있었다.

그것을 위해서는 아까 잠시 봤던 산서삼살까지도 이용해야 했다.

산서삼살이라면 강북에서 힘 좀 쓴다는 사파인.

그를 잘 이용한다면 강남과 강북이 합심하는 모습까지도 보여 줄 수 있을 것이다.

마휘는 계속 달을 바라보며 계획을 머릿속에 쌓았다.

정파에 청운사신이란 불세출의 영웅이 불쑥 튀어나온 상황.

한시라도 빨리 적룡대협의 영웅화 작업을 실시해야 했다.

밝은 달만큼이나 오늘따라 계획이 속속 떠올랐다.

하지만 이것이 큰 착오, 아니 족쇄가 되리라는 것을 마휘는 진정 몰랐다.

한편, 한빈은 가주 정무룡이 딸려 보낸 하인의 안내를 받아 걷고 있었다.

터벅터벅.

걷고 있던 한빈이 미간을 좁히며 걸음을 멈췄다.

그 모습에 설화가 물었다.

"왜 그러세요? 공자님."

"이상하게 귀가 간지럽네!"

말을 마친 한빈은 고개를 갸웃했다.

그때 장자명이 눈을 가늘게 뜨며 끼어들었다.

"간지럽지 않으면 이상한 겁니다, 사 공자. 무슨 계약서를 그렇게 사악하게……."

장자명은 재빨리 말끝을 흐렸다.

한빈의 눈빛이 변했기 때문이다.

장자명이 움찔하자 한빈이 주변을 쓱 훑었다.

주변에 다른 사람이 있나를 확인하기 위해서였다.

하인은 방을 정리하기 위해 잠깐 사라진 상태.

한빈이 진지한 표정으로 말을 이었다.

"장 의원님."

"네."

"의원님이 보기에 뭐가 그렇게 사악한데요?"

"아, 그러니까……."

"그냥 툭 터놓고 말해 봐요."

"사악하다기보다는 조금 이상해서요."

"이상하다니요?"

"솔직히 말씀드리겠습니다. 하남정가와 하북팽가 간의 거래인 것 같지만, 자세히 보면 하남정가 대 사 공자님과의 거래잖습니까? 모든 이익도 하북팽가가 아닌 공자님이 챙기시는 거고요."

말을 마친 장자명은 슬쩍 한빈의 눈치를 봤다.

한빈이 아무 일도 아니라는 듯 씩 웃으며 말을 이었다.

"그거야 당연하지요. 내가 힘들게 일한 걸 왜 다른 사람하고 나눠요? 안 그래요?"

한빈은 힐끔 설화를 바라봤다.

"설화 너도 그렇게 생각하지?"

당과를 한 손에 든 설화가 오뚝이처럼 고개를 끄덕였다.

그러고는 당과를 입에 넣은 채 장자명을 바라보며 말했다.

"다, 당연하죠. 그걸 왜 나눠요? 양손에 당과를 들고 있다고 생각해 보세요, 장 의원님."

설화가 던지는 뜻밖의 가정에 장자명이 뒷머리를 긁적이며 물었다.

"그게 무슨 말이냐? 설화야."

"이 당과를 꽉 쥐고 있지 않으면 언젠가는 누가 뺏으러 올걸요? 만약 적이 두 명이라면 그 당과를 뺏기 위해 의원님을 반으로 가를지도 모르고요."

설화가 자신의 양손의 당과를 더욱 꽉 움켜쥐었다.

그 모습에 장자명이 손을 내저었다.

"에이, 설마."

"설마가 사람 잡는 법이에요. 원래 강호가 그렇잖아요, 의원 아저씨."

말을 마친 설화는 당과를 한 입 베어 물고는 장자명을 쏘아보았다.

그 모습에 장자명이 움찔하며 시선을 한빈 쪽으로 돌렸다.

장자명으로서는 설화가 쏘아 내는 살기를 감당하기 어려웠다.

그냥 아이가 노려보는 것으로 생각하면 편할 텐데 가끔 살기가 느껴질 때면 한빈보다 설화가 더 무서웠다.

한빈과 시선이 마주친 장자명은 다시 말을 이었다.

"그건 그렇다 치고 마지막에 대를 이어서 계약이 성립한다는 조항은 또 뭡니까? 공자님, 이거 완전히 노예 계약이잖아요."

이건 장자명의 진심이었다.

아무리 역사를 뒤져 봐도 대를 이어 계약이 성립한다는 조항은 이번이 처음일 것이었다.

하지만, 이번에도 한빈은 시큰둥한 표정으로 답했다.

"그건 당연한 조항이지."

"당연하다고요?"

"잘 생각해 봐요, 장 의원님. 이 정도 사건이면 이제 가주가 바뀌겠지요?"

"그럴 수도 있죠. 지금 가주님의 상태를 보면 얼마 안 가서 가주직을 내려놓을 것 같기도 합니다."

"그래요, 그게 바로 요점입니다. 나중에 차기 가주가 계약에 대해서 잡아떼면 어떻게 할까요? 장 의원이 책임질 건가요?"

"제가 왜……."

"아, 생각해 보니 삼 년이 너무 짧았어. 그래……. 너무 짧은 기간이었어. 종신 계약이나 대를 이어야 한다는 조건을 붙였어야……."

한빈의 혼잣말에 화들짝 놀란 장자명이 다급하게 손을 내저었다.

"아, 아닙니다, 사 공자님."

"이제 알겠지요? 장 의원."

"뭘요?"

"내가 장 의원을 얼마나 끔찍이 생각하는지?"

"아, 알고 말고요. 그러니 괜한 오해는 하지 마십시오."

장 의원이 다급하게 고개를 끄덕였다.

그 모습에 흡족한 듯 한빈이 빙긋 웃었다.

"그럼 됐어요. 하남정가에 있는 동안은 푹 쉬어요. 천수장에 도착하면 몇 배는 바빠질 테니까."

"사, 사 공자님, 혹시 지금 몇 배라고 하셨습니까?"

"그럼 지금까지처럼 놀고먹으려고 했습니까? 적응했으니 지금부터 일해야지요. 사람이 태어나는 이유가 뭔지 아십니까? 장 의원."

"그게 무슨 말씀인지……."

"사람이 태어나는 이유는 밥값 하라고 태어나는 겁니다. 장 의원님, 천수장에 돌아갈 때까지 몸이나 만들어 두세요."

말을 마친 한빈은 방을 정리했다고 신호를 보내온 하인을 확인하고는 사라졌다.

사라지는 한빈의 뒷모습에 장자명의 얼굴은 새파랗게 질렸다.

그동안 죽을 고비가 몇 번이었던가?

무슨 변방 군대에 입대한 것도 아닌데, 천리 행군을 밥 먹듯 한 게 엊그제 일이었다.

그때 발에 잡힌 물집은 아직도 회복이 안 되었다.

가주 정무룡을 치료한다고 볼일도 못 보고 밤을 지새운 게 오늘 아침까지였고 말이다.

아니, 천수장에 들어온 후 자신이 사람다운 삶을 산 적이 있던가?

그것도 잠시 장자명의 입가에 알 수 없는 미소가 피어났다.

그 모습에 설화가 고개를 갸웃하며 물었다.

"장 의원 아저씨, 표정이 왜 그래요?"

"잘 생각해 보니까 기분이 좋아서."

뿌듯해하는 장자명의 표정에 설화가 고개를 갸웃하며 물었다.

"뭐가 그렇게 기분이 좋아요? 조금 전까지는 죽을상을 하고 있었잖아요, 의원 아저씨."

"생각해 봐, 나는 삼 년이잖아. 하남정가는 대대손손이고. 둘을 비교하니 갑자기 행복해지네."

"저도 삼 년이에요, 아저씨."

"허허, 너도 땡잡았구나."

"뭐, 그렇죠. 아저씨."

설화가 고개를 끄덕이자 장자명은 활짝 웃으며 중천에 뜬 달을 바라봤다.

장자명이 보기에 오늘따라 유난히 달이 밝았다.

그렇게 미소 짓고 있는 장자명을 힐끔 바라보는 설화는 보이지 않게 헛웃음을 지었다.

'역시 행복은 상대적인 건가?'

그것은 설화 자신에게 던진 질문이기도 했다.

잠시 후. 하남정가의 가주 전용 연공실.

한빈은 조용히 눈을 감고 기본편의 책장을 추가하기 위해 가부좌를 틀었다.

그러고는 목에 건 목걸이를 조심스럽게 내려놨다.

눈을 감고 비급에 집중하자 모든 획이 하나하나 분해되기 시작했다.

[기본편]

획이 분해되고 다시 모이기를 반복했다.
기본편의 제목이 날아가고 빈 상태가 되었다.

[   ]

공간의 아래에는 획이 획획 돌고 있었다.
한빈이 지금 보고 있는 건 아주 단순한 과정밖에 없었다.
하지만 누군가 한빈을 보고 있다면 기절초풍했을 법한 장면이 몸 주변에서 펼쳐지고 있었다.
한빈의 주변에 투명한 기운이 넘실거리더니 용의 모양을 만들었다.
자세히 보면 그 기운은 물방울 같기도 했고 용의 비늘 같기도 했다.
하지만 조금만 더 자세히 본다면, 그것들은 이제껏 한빈이 흡수한 구결들임을 알 수 있었다.
그 구결들이 일렁이며 장관을 만들어 내고 있었다.
강호에서 말하는 오기조원이나 삼화취정과는 또 다른 현상이었다.

하지만, 한빈은 조용히 눈을 감고 머릿속에 펼쳐지는 장면에 집중할 뿐이었다.

한빈은 책장을 추가한다는 글귀를 지금 이해하고 있었다.

서책에 책장을 추가하려면 가장 먼저 해야 하는 일이 무엇일까?

그것은 아마도 책장을 고정한 끈을 풀어내는 일일 것이다.

즉 한마디로 분해를 뜻한다.

지금 한빈이 보고 있는 것이 바로 이 과정이었다.

얼마나 지났을까?

한빈의 몸 주변에서 일렁이던 투명한 기운이 피부 속으로 빨려 들어갔다.

그와 동시에 한빈의 눈앞에 글귀가 떴다.

[책장이 추가되었습니다.]

그 말에 다시 용린검법의 비급을 바라보니 기본편의 제목이 묘하게 바뀌어 있었다.

[기본편 이(二)]

단계가 상승한 것이다.

그렇다면 그다음 단계는 과연 무엇일까?

뭐, 관계는 없었다.

그때 다시 글귀가 나타났다.

[기본편에서 기본편 이(二)로 한 단계 상승했습니다. 이제 담을 수 있는 기본편의 구결 수가 서른 개로 증가했습니다.]

글귀를 확인한 한빈은 보이지 않게 미소를 지었다.

본신의 내공 삼십 년에 용린검법의 기본편에 담을 수 있는 내공 삼십 년.

둘을 합쳐 일 갑자의 공력을 지니게 된 것이었다.

물론 남들이 확인할 수 있는 공력은 삼십 년이니 적어도 오 할의 실력은 숨기는 셈이 된다.

미소 짓던 한빈의 시야에 다시 글귀가 떴다.

[기본편 이(二)가 활성화되어 동시에 쓸 수 있는 용린검법의 초식이 세 개로 늘어납니다.]

"오호라!"

한빈이 진한 미소를 지어 보였다.

어찌 보면 기본편에 담을 수 있는 구결이 늘어난 것보다 반가운 소식이었다.

이제 용린검법에 대한 보상은 모두 확인한 상태.

한빈은 조용히 옆에 풀어 놓은 목걸이를 잡았다.

그러고는 조용히 목걸이를 열었다.

툭.

가벼운 소리와 함께 목걸이가 열리고 그곳에는 기름을 먹인 종이가 동그랗게 말려 있었다.

한빈은 그 종이를 조심스럽게 풀어냈다.

마치 고약을 뭉쳐 놓은 것처럼 볼품없는 환약이 모습을 드러냈다.

"흠."

환약을 본 한빈이 헛기침했다.

이것이 바로 모든 무림인이 탐내는 청명환이었다.

잠시 청명환을 바라보던 한빈은 바로 청명환을 입 속에 털어 넣었다.

누가 보면 저잣거리 의원에서 산 싸구려 환약을 털어 넣는 모습이었다.

한빈은 조용히 눈을 감았다.

청명환이 뿜어내는 기운을 느끼되 인위적으로 혈맥에 밀어 넣지는 않았다.

과거로 회귀하고 한빈이 전생에 익혔던 상승 심법을 운기하지 않은 이유는 딱 하나였다.

바로 과거에는 아무도 익히지 못했던 천지일연공을 익히기 위함이었다.

달마가 만들었다는 천지일연공의 특징은 딱 두 가지였다.

인위적으로 혈맥에 길을 낸 무인은 익히지 못한다는 점.

즉, 상승 심법을 익힌 자는 천지일연공을 익히지 못하는 것이었다.

거기에 가장 넘기 힘든 난관이 하나 더 추가된다.

바로 공력이 일 갑자 이상이어야 한다는 것이다.

상승 심법을 익히지 않은 자 중 일 갑자 이상의 내공을 가진다?

그 말인즉슨 영약으로만 일 갑자를 만들어야 한다는 말이었다.

영약을 먹어도 상승 심법 없이 그것을 온전히 받아들일 수는 없는 법이었다.

이 때문에 알면서도 익히지 못하는 천지일연공은 모든 무림인에게 계륵이었다.

이 심법이 발견되고 나서 한동안 강호에는 피바람이 불었다.

하지만, 익힐 수 있는 자가 없다는 것이 알려진 뒤에는 정의맹 비각 한쪽 구석에서 굴러다녔던 비운의 심법이 바로 천지일연공이었다.

그런데 과거로 돌아온 후 천산혈랑의 내단과 지금 눈앞의 청명환으로 그 길이 만들어진 것이었다.

그렇다면 한빈은 왜 천지일연공이라는 심법에 집착하는

것일까?

그것은 다른 내공심법과는 다르게 숨 쉬는 것만으로도 운기가 가능한 심법이기 때문이었다.

남들이 몇 시진을 각 잡고 운공해야 할 때 이 천지일연공을 익히면 열두 시진 내내 운공하는 효과를 낼 수 있다는 것이다.

한빈이 눈을 감고 얼마나 지났을까.

다시 한빈이 눈을 뜨자 연공실이 환해졌다.

착각이 아니라, 한빈의 안력이 향상된 것이었다.

한빈은 자리에서 일어나 어깨를 으쓱하며 작게 혼잣말을 토해 냈다.

"조금 부족했군."

이것은 사실이었다.

일 갑자에 조금 못 미치는 내공을 얻었다.

정확히는 지금 이십 년의 내공을 얻어 오십 년.

이제 딱 십 년이 남았다.

이것도 사실 예상한 결과였다.

전생에 익혔던 심법을 이용했다면 청명환으로 적어도 삼십 년의 내공은 얻었을 것이었다.

한빈이 장자명에게 각오하라고 한 것이 바로 영약을 만드는 혹독한 작업을 뜻한 것이었다.

천수장에 돌아가면 그동안 심어 놓은 부나 다른 작물이 영약에 버금가는 효과를 띠고 있을 것이었다.

그것으로 나머지 십 년을 채우면 되었다.

만약 안 된다면?

그것은 간단했다.

될 때까지 만들어 먹으면 되는 것이었다.

뭐, 영약을 뜯을 문파나 가문이 있으면 더 좋고 말이다.

같은 시각 백사문의 문주실.

적룡대협의 영웅화 계획에 대해 진사명과 대화를 나누던 익절선생 마휘가 대화를 멈췄다.

그 모습에 진사명이 물었다.

"왜 그러십니까? 군사."

"아, 아닙니다. 갑자기 오한이 들어서요."

"창문을 닫을까요?"

"괜찮습니다. 그런 오한이 아니라……."

마휘는 손을 내저었다.

날씨 때문에 든 오한은 분명 아니었다. 이상하리만큼 불길한 예감 때문에 든 오한이었다.

과연 이 불길함의 정체는 무엇일까?

마휘에게 불길함을 줄 만한 것이라면 한 가지밖에 없었다.

그것은 바로 손해 보는 일이었다.

태어나서 손해 볼 짓은 절대 하지 않은 그였다.

정파를 대상으로도.

사파를 대상으로도 말이다.

그런데, 이번에는 왠지 손해를 볼 것만 같은 불안감이 엄습해 왔다.

손해를 본다라?

과연 그것이 가능한가?

마휘는 자신의 계획을 떠올려 봤다.

강남 사도련은 백사문에 모든 지원을 해 줄 예정이었다.

백사문은 인력만 대면 되었고 나머지는 정보 조직을 통해 여론을 조성하면 되었다.

물론 강남 사도련이 자금을 대지만, 분명 손해 보는 장사는 아니었다.

가슴을 뭉클하게 만들 정도의 영웅담이라면 젊은이들은 너도나도 짐을 싸서 사도련으로 몰려들 것이었다.

늘어나는 세력을 바탕으로 강남과 강북을 통일하면 되고 말이다.

몰려들 신흥 무인과 이후에 다져질 사도련의 위상을 생각하면 강남 사도련에서는 무조건 진행해야 하는 일이었다.

뭐, 자금만 놓고 보자면 상황은 약간 달라진다.

백사문이 일 할의 이익이라면 강남 사도련이 칠 할의 이익을 얻어 갈 작업이었다.

이것은 투입 대비 앞으로 얻어질 이익을 예상한 것이었다.

그럼 이 할은?

그것은 마휘가 가져갈 지분이었다.

사도련과 백사문은 손해 본다 해도.

이 계획이 실패한다 해도.

마휘 자신은 절대 손해 볼 수 없는 구조였다.

그런데 정체를 알 수 없는 불안감은 무엇이란 말인가?

말끝을 흐리던 마휘가 피식 웃으며 다시 말을 이었다.

"하하, 나이가 들다 보니 모든 일에 걱정이 앞서는군요."

"마휘 군사님의 심정도 이해가 갑니다. 모든 일을 책임져야 하는 막중한 위치에 있으시니까, 당연한 게 아닙니까?"

"이해해 주시니 감사합니다, 진 문주님."

"그럼 계속 앞으로의 구체적인 계획을 말씀해 주시죠."

"알겠습니다. 아까 하던 자금 계획부터 말씀드리겠습니다. 그러니까……."

마휘는 다시 안정을 찾고 입술에 꿀을 바른 듯 유창하게 설명을 이어 나갔다.

그의 설명이 이어지자 백사문주 진사명은 털끝만큼의 의심도 하지 않고 고개를 끄덕였다.

마휘의 언변은 그만큼 뛰어났다.

한편 회의실에 나온 진세미는 고개를 갸웃했다.

전각 입구에서 자신의 수하들이 각을 잡고 서 있었기 때문이다.

수하는 얼핏 봐도 열은 되어 보였다.

고개를 갸웃하던 진세미는 그들에게 내린 지시를 떠올렸다.

그 수하들은 수색 중에 만난 무씨검가의 무소율에게 딸려 보낸 자였다.

하남정가까지 가는 길을 모른다길래 수하를 딸려 보냈는데, 벌써 돌아올 리가 없었다.

고개를 갸웃한 진세미가 수하에게 걸어갔다.

수하의 앞에 멈춘 진세미가 물었다.

"어떻게 벌써 돌아온 거야?"

수하 중 수석 무사가 작게 포권하며 답했다.

"사실, 하남정가 근처에도 가지 못했습니다."

"······."

진세미가 아무 말 없이 고개를 갸웃하자 수하가 설명을 이었다.

"가주님의 소집 명령이 떨어지는 바람에 황학산 근처에서 헤어졌습니다. 죄송합니다."

황학산은 하남정가로 가는 지름길이었다.

"아니야, 그 정도 호의를 베풀었으면 됐어."

진세미는 고개를 끄덕였다.

이것은 진세미의 진심이었다.

적룡대협을 찾기 위해 정신없이 강가를 수색하며 사파인으로서의 마음가짐이 잠시 흔들렸던 것은 사실이었다.

그 흔들리는 마음의 틈 속에서 나왔던 것이 무소율에게 베풀었던 호의고 말이다.

강남 사도련의 총군사가 오고 적룡대협은 찾지도 못하게 된 이 순간 정파인인 무소율이 어떻게 되었는지는 아무 상관도 없었다.

진세미가 수하에게 말했다.

"이제 됐으니 너는 영단산으로 출발해."

"영단산은 왜요?"

"찾아야지."

"누굴요?"

"적룡대협을!"

"이 정도로 수색했는데 못 찾은 걸 보면……."

"설마 너, 그분이 죽었다고 생각하는 건 아니겠지?"

진세미의 눈빛에 수하가 재빨리 손을 내저었다.

"아, 아닙니다."

그 모습에 진세미는 한숨을 내쉬며 고개를 돌렸다.

그쪽에는 회의실 옆에 열린 창문이 있었다.

오늘따라 중천에 뜬 달이 유난히 밝게 느껴졌다.

진세미도 사실 알고 있었다.

적룡대협이 살아 있을 확률은 거의 없다는 것을 말이다.

❦

다음 날 새벽.

한빈은 가주의 연공실에서 아직 나오지 않았다.

누가 보면 썰렁한 연공실에서 뭐 찾아 먹을 게 있냐고 묻겠지만, 한빈은 진짜 찾을 게 있었다.

한빈은 이제 이 연공실에서 전생에 확인했던 안배를 찾아야 했다.

그것은 하남정가의 연공실 어딘가에 있다는 궁극의 검로였다.

십 년 후에 마교가 훼손할 검로.

마교는 어떻게 알았을까?

훼손된 검로는 과연 어떤 궁극의 비기를 담고 있었을까?

마교가 훼손하기 전까지는 아무도 그것이 검로인지 몰랐다는 그 전설의 쾌검.

뭐 그게 쾌검을 나타내는 검로일지?

아니면 하남정가의 시조 중 누군가가 장난을 쳐 놓은 건지는 확신할 수 없었다.

한빈은 천천히 벽으로 다가가 벽면을 만져 봤다.

모든 벽면을 확인한 한빈이 고개를 갸웃했다.

모든 벽면을 만져 봤지만, 느껴지는 검로는 없었기 때문이다.

어차피 시간은 많고, 자신은 이 가문의 은인이 아니던가?

하남정가에서 한빈이 못 갈 곳은 없었다.

어찌 보면 하남정가와 맺은 계약이 부수적인 것이고 이것이 하남정가에서 얻어 가야 할 목표물이었다.

책장을 추가하고 단전에 오십 년의 내공을 쌓은 한빈은 천천히 연공실을 나왔다.

그때 연공실의 입구에 그림자 두 개가 보였다.

하지만, 익숙한 기척. 둘은 설화와 이무명이었다.

천천히 걸어가던 한빈이 헛기침했다.

"흠."

한빈의 헛기침 소리에 그림자의 주인공들이 고개를 돌렸다.

한빈이 그들에게 먼저 말을 건넸다.

"설화야, 이 시간에 무슨 일이야?"

"아무래도 호법이 필요할 것 같아서요, 공자님."

"연공실 안에서 걸어 잠그면 개미 새끼 한 마리도 들어올 틈이 없는데 호법은 무슨 호법?"

"그래도 혹시 모르잖아요. 연공실에 들어가셨으면 어떤 깨달음을 얻으려는 의도이실 텐데, 적이라도 쳐들어오면 어떻게 해요."

"적? 무슨 적?"

"정휘지의 잔당이 있을 수도 있잖아요."

"허, 걱정도 태산이네."

"생각해 보세요. 공자님 다치면 당과는 누가 사 줘요?"

"아, 그랬구나. 내가 걱정이 된 게 아니라 당과가 걱정이 된 거구나. 하하."

한빈이 웃자 옆에 있던 이무명이 포권했다.

"성취를 축하드립니다, 주군."

고개를 숙인 이무명의 아래턱에서는 수염이 펄럭인다.

대역을 끝낸 이무명이 수염을 붙인 것이다.

수염을 붙인 이유는 간단했다.

자신이 한빈과 닮았다는 사실을 숨기려는 것이다.

묘한 것이 수염을 붙인 것만으로도 전혀 다른 사람이 되니 효과는 만점이었다.

이무명은 이렇게 해야 나중에라도 한빈을 도울 수 있다고 생각했다.

이무명과 한빈이 닮았다는 사실을 아는 사람이 적을수록 자신의 쓸모가 커지니 말이다.

호법을 서기 위해 나온 것도 고맙지만, 이무명의 그린 마음씨가 한빈에게 진심으로 다가왔다.

"고마워요, 이 호위."

"연공실 안에서 대체 무슨 일이 있었던 겁니까? 단기간에 기세가 달라지셨습니다."

"뭐, 잠을 푹 잤다고 하면 믿을런가?"

"하하, 그건 절대 못 믿죠."

"오늘 정휘지와 일전을 치르며 얻은 깨달음을 정리했다는 하면 믿을 수 있나요? 이 호위."

"아……."

이무명이 긴 탄성을 흘렸다.

멈추지 않는 탄성이 고요한 연공실 앞에 울려 퍼졌다.

그 탄성이 끝나 갈 때쯤 이무명이 다시 입을 열었다.

"주군, 솔직히 말씀해 주십시오."

"뭘 말입니까? 이 호위."

"처음 저와 검을 맞댄 그날 말입니다."

"흠, 그날이라면 정화 부인의 앞에서 비무를 벌인 날 말이죠?"

"네, 그날 말입니다. 그날 진심으로 전력을 다하신 겁니까? 저는 그날 주군의 검이 진심이라 느꼈습니다. 그런데 오늘 정휘지와의 대결을 보니, 그날 주군이 힘의 구 할은 숨겼다는 느낌이 들어서 말입니다."

"진짜 솔직한 대답을 원합니까? 이 호위."

"네, 주군."

"그럼 솔직히 말하겠습니다. 그날 전력을 다한 게 맞습니다. 진심으로 이 호위와 검을 마주한 것이 맞다는 말입니다."

"헉, 그럼 대체 그동안 무슨 일이 있었던 겁니까? 무슨 일이 있었기에 그토록 강해지신 겁니까? 주군."

"궁금합니까?"

"네, 저도 강해지고 싶습니다. 아무리 노력해도 저 혼자 제자리걸음인 것 같습니다."

이무명은 깊숙이 포권했다.

한빈은 그 모습에 턱을 어루만지며 고민에 빠졌다.

절정검 이무명이 오르지 않는 경지 때문에 절망검으로 바뀌는 것은 조금 지나서의 일이다.

한빈의 무위를 본 이무명이 자괴감이 빠지며 그 시기가 앞당겨진 것 같았다.

사실 한빈도 이무명에 왜 절정검에서 절망검으로 별호가 바뀌었는지 궁금했다.

긴 고민 끝에 한빈이 말했다.

"강해지기 위해서는 죽을 수도 있습니다. 그래도 알고 싶습니까? 이 호위?"

"네, 주군."

"그럼 이 호위의 문제에 대해 같이 알아보도록 하겠습니다. 최선을 다할 것을 약속하지요."

한빈의 말에 이무명이 무릎을 꿇었다.

그러고는 바닥에 머리가 닿도록 절을 했다.

그 모습에 한빈은 적잖게 당황했다.

"이게 무슨 일입니까?"

"앞으로 당분간 사부로 모시겠습니다."

"사부라고요?"

한빈이 놀라자 벌떡 일어난 이무명이 설화를 바라봤다.

"설화야, 나도 부탁한다."

"약속한 당과 잊으면 안 돼요, 이 호위 아저씨."

"그래."

그들의 대화에 한빈이 고개를 갸웃했다.

이무명이 설화에게 부탁한 것은 무엇일까?

한빈이 의문을 떠올리자마자 그 해답이 바로 나타났다.

설화가 옆쪽에서 보따리를 가져온 것이다.

설화는 연공실 앞 바닥에 보따리를 풀었다.

어디선가 많이 본 광경이었다.

보통은 한빈이 설화에게 가져오라고 시키는 건데 이번에는 이무명이 자진해서 계약서를 쓰기 위해 설화에게 지필묵을 부탁한 것이다.

한빈이 아무 말도 안 했는데 이무명은 계약서를 적어 나가기 시작했다.

그 모습에 설화가 나지막이 외쳤다.

"아, 자진 노예 계약서네요!"

그 말에도 이무명을 아랑곳하지 않고 계약서에 내용을 빼곡히 적었다.

물론 이제까지 한빈이 쓰던 내용이 고스란히 들어가 있었다.

붓을 멈춘 이무명이 한빈에게 말했다.

"서당 개 삼 년이면 풍월을 읊는다죠?"

"지금 보니 서당 호위 삼 개월이면 계약서를 쓰는군요. 그런데, 조금 있으면 하남정가로 돌아가야 하지 않나요?"

"조금 전에 가주님께 말씀드리고 오는 길입니다. 하남정가를 떠나 천수장으로 몸을 옮기는 것을 허락받았습니다. 가주님도 흔쾌히 허락하셨습니다."

"네, 그럼 오늘은 이만해 두고 들어가 보세요."

"알겠습니다, 사부님."

그 말에 한빈이 미간을 좁혔다.

사부라?

전생에도 들어 보지 못한 호칭이었다.

하지만 고민도 잠시, 한빈은 빙긋 웃었다. 그저 수하라고 생각하면 될 뿐이었다.

군사부일체라는 말이 있지 않나?

주군이나 사부나 그 호칭이 의미하는 바는 크지 않았다.

그때 새벽닭이 우는 소리가 적막을 깨웠다.

꼬끼오!

그 울음소리에 한빈은 조용히 뒤돌아서서 처소로 돌아갔다.

이무명도 말이 없었고 설화도 말이 없었다.

고단한 하루가 마무리되기도 전에 새벽이 밝아 온 것이다.

며칠 후.

한빈은 하남정가에 있는 열두 개의 연공실 중 열한 개를 살폈다.

하지만, 한빈이 원하는 흔적을 찾지 못했다.

이제 마지막 연공실을 눈앞에 두고 있다.

다음 권으로 이어집니다

기갑천마

거짓이슬 퓨전 판타지 장편소설

종말을 막지 못한 절대자
복수의 기회를 얻다!

무림을 침략한 마수와의 운명을 건 쟁투
그 마지막 싸움에서 눈감은 무림의 천하제일인, 천휘
종말을 앞둔 중원이 아닌 새로운 세상에서 눈을 뜨는데……

"천휘든 단테든, 본좌는 본좌이니라."

이제는 백월신교의 마지막 교주가 아닌 평민 훈련병, 단테
그럼에도 오로지 마수의 숨통을 끊기 위해
절대자의 일 보를 다시금 내딛다!

에이스 기갑 파일럿 단테
마도 공학의 결정체, 나이트 프레임에 올라
마수들을 처단하고 세상을 구원하라!

꿈의 도약, 로크에서 하십시오
(주)로크미디어에서 신인 작가를 모십니다

즐거운 세상, 로크미디어는 꿈을 사랑하고 도전을 두려워하지 않는 작가 분들의 참신한 작품을 기다리고 있습니다. 21세기 장르 문학계를 이끌어 갈 차세대 선두 주자 (주)로크미디어에서 여러분의 나래를 활짝 펴 보시길 바랍니다.

모집 분야 판타지와 무협을 포함한 장르 문학
모집 대상 아마추어 작가, 인터넷 작가
모집 기한 수시 모집

작품 접수 시 유의 사항

1. 파일명은 작가명_작품명.hwp형식을 갖춰 주십시오.
1. 파일에 들어갈 내용은 다음과 같습니다.
   - 성명(필명인 경우 실명을 밝혀 주세요), 연락처, 이메일 주소
   - 제목, 기획 의도
   - A4용지 1장 분량의 등장인물 소개
   - A4용지 2장 분량의 전체 줄거리
   - 본문
1. 작품이 인터넷에 연재되고 있다면, 게시판명과 사이트의 구체적이고 정확한 주소를 기재해 주십시오.

선택된 작품은 정식 계약 후 출판물로 간행되어 전국 서점에 유통됩니다.
작가 분은 (주)로크미디어의 전폭적인 지원하에 전속 작가로 활동하시게 됩니다.
※ 자세한 내용은 로크미디어 홈페이지(rokmedia.com)를 참조하세요.

(03920)서울시 마포구 성암로 330 DMC첨단산업센터 3층 318호
(주)로크미디어 편집부 신간 기획 담당자 앞
전화 : 02) 3273 - 5135
www.rokmedia.com   이메일 : rokmedia@empas.com

만렙닥터

13월생 현대 판타지 장편소설

리턴즈

인생 2회 차 경력직 신입
칼솜씨도, 인성도 '만렙'인 의사가 돌아왔다!

만성 인력난에 시달리는 흉부외과에 들어온 인턴
메스도 잡아 본 적 없는 주제에
죽을 생명을 여럿 살려 내기 시작한다?

"이 새끼, 꼴통 맞네."
"죄송합니다."
"잘했어!"
"네?"

출세만을 좇으며 살았던 전생
이렇게 된 이상 인생도 재수술 한번 가자!

무데뽀(?) 정신으로 무장한 회귀 의사
이제부터 모든 상황은 내가 집도한다!

南魔宮帝 남궁마제

문운도 신무협 장편소설

회귀한 뇌왕, 가족을 지키기 위해
정파의 중심에서 제대로 흑화하다!

세상을 뒤집으려는 귀천성에 맞서 싸우다
가족을 모두 잃고 제물로 바쳐진 뇌왕 남궁진화
마지막 순간 원수의 뒤통수를 치고 죽으려 했으나
제물을 바치는 진법이 뒤틀리며 과거로 회귀하다!?

남궁세가의 양자가 된 어린 시절로 돌아온 후
귀천성이 노리는 자신의 체질을 연구하다 기연을 얻고
회귀 전과 다른 엄청난 미모와 함께
뇌전의 비밀마저 알아내 경지를 뛰어넘는데……

가족들에게는 꽃처럼 사랑스러운 막내지만
적이라면 일단 패고 보는 패악질의 끝판왕!
귀천성 패려잡기에 나서다!